Michael Leon

EXIT GOA

GEGRÜNDET
1999

Michael Leon

EXIT GOA

Czernin Verlag, Wien

Leon, Michael: Exit Goa / Michael Leon
Wien: Czernin Verlag 2011
ISBN: 978-3-7076-0380-4

Umschlaggestaltung: sensomatic
Lektorat: Thomas Unger
Druck: Druckerei Theiss, A-9431 St. Stefan
ISBN Print: 978-3-7076-0380-4
ISBN E-Book: 978-3-7076-0381-1
ISBN PDF: 978-3-7076-0382-8

Für Gerd Beerbohm
und Gopi Parab

For Shiri Argov
and Henry Hiller

SERIOUS MINDFUCK

»Geil! Erzähl noch mal von den Raves da! Das läuft da direkt am Beach ab, oder? Und die dauern manchmal zwei oder drei Tage, stimmt's?«

»Aber wie! Nächste Woche ist Fullmoonparty in Anjouna, was meinst du, was da abgeht?«

Mir ging auch fast einer ab, aber ich musste den Haken finden, wenn ich nicht verrückt werden wollte.

»Glaub' ich dir. Aber mal was anderes, wie ist die Gegend da eigentlich so? Ich meine, naturmäßig. Oder ist das auch so eine Trümmerhalde wie in Tunesien?«

»Willst du mich verarschen?! Komm endlich her, Mensch, und guck's dir an! Hier rennen doch genügend Spinner rum, die wollen gar nicht raven oder high sein. Die sind naturbreit. Die gucken den Delfinen zu oder versuchen, Affen anzufüttern oder 'ne Schlange zu fotografieren. Das is' 'n fucking Naturparadies hier, Mann!«

»Leck mich!«, sagte ich.

»Ich lieb' dich auch«, sagte er.

Wir legten auf.

Mein Büro befand sich in einem barackenartigen, geduckten Gebäude auf dem Gelände der Bavaria Filmstadt in München-Geiselgasteig. Der Stall nannte sich Development Office. Entwickelt wurde hier eine Daily Soap, die gleich nebenan gedreht wurde. Hier schrieben sich zwölf Autoren die Finger wund, damit der Sender den Vorabend-Timeslot mit fünf Folgen pro Woche füllen konnte. 'ne ganz schöne Herausforderung. Aber ich persönlich schrieb mir nicht die Finger wund, denn ich war der, der sich in groben Zügen ausdachte, was die armen Schreiberlinge dann zu Papier bringen mussten.

Meine eigenen Ambitionen, Drehbücher zu verfassen, hatte ich nach einigen mehr oder weniger erfolgreichen Versuchen zurückgeschraubt. Diese ewige Produzentensuche war nervenaufreibend und wenig einträglich, sodass ich die Jahre davor mein Geld hauptsächlich als Freelancer in der Werbung rangeschafft hatte. Aber mir stand der Sinn nach Fiction, und der Werbezirkus war auch nicht so mein Ding. Obendrein war ein regelmäßiges Einkommen auch recht bequem. Und da ich so der Typ bin, der es gern bequem mag, schien das hier das Richtige für mich zu sein. Bis ich dann recht schnell spitzkriegte, dass ich in puncto morgens antanzen, Tagessoll erfüllen und Teamworkdenken nicht wirklich die erste Besetzung war. Aber ich versuchte, mir das nicht anmerken zu lassen.

Über das Leben nach Feierabend konnte ich ebenfalls nicht klagen. Ich hatte eine superhübsche, ziemlich junge Freundin, die Walli hieß und Darstellerin in unserer Soap war. Wir lebten zusammen in einer schönen Wohnung in München-Grünwald, waren kerngesund, hatten eine Menge Geld und keinerlei Sorgen, außer unseren Träumen. Sie träumte davon, allein mich zu heiraten, und ich träumte davon, Abenteuer mit möglichst vielen Frauen zu haben. Sie träumte von einer glücklichen Familie und ich von unbeschwertem Drogenkonsum. Sie träumte von einem Haus, einem Garten und Kindern, die später mal Klavierunterricht nehmen sollten, während ich meine Zukunft eher im Kreise bedröhnter Partycracks sah. Aber ich versuchte, mir auch das nicht anmerken zu lassen.

Das war so in knappen Zügen die Sachlage. Ich war ein Stück über 30, Drehbuchautor, Serienentwickler, ausgezeichnet bezahlt, gesellschaftlich anerkannt, mit Sex versorgt, alimentefrei, unabhängig und sehr unzufrieden. Dabei wusste ich genau, was ich eigentlich wollte. Und wenn ich dann den Stoff für meine Seifenopern absonderte, stach mir dieser Götterfunke in den Sinn: Sex, Drugs & Rock 'n' Roll. Yes! Das war es immer, was ich wollte. Und nichts anderes. Und was tat ich? Schon das – aber minimalinvasiv und immer nur dann, wenn der gottverdammte Zeitdruck es zuließ. Und der Job ließ fast gar nichts mehr zu. Was war das für ein Leben? Richtig, es war das Leben eines Amateurs. Allein die Hoffnung, dereinst in der Profiliga spielen zu können, erzeugte ein warmes Kribbeln in meiner Bauchregion. Eine pauschale Sehnsucht, die mit jedem Tag anschwoll. Und immer, wenn mich die Sehnsucht nach dem wahren Leben packte, griff ich zum Telefon. Mit etwas Glück erwischte ich Zipp. Mit noch mehr Glück war er sogar in der Lage, in ganzen Sätzen zu reden. Ich ließ es mir dann immer und immer wieder vorbeten. Und während die Elektronen so zwischen Anjouna Beach und München-Geiselgasteig hin und her switchten, schnappte ich nach Luft wie ein Fisch an Land.

Zipp, das war mein von Kopf bis Fuß unbehaarter Mentor aus Berliner WG-Zeiten, der seinen Spitznamen einer gewissen Ähnlichkeit mit dem verdrehten Eierkopf aus dem *U-Comix* verdankte. Einen Großteil seines Lebens hatte er in hippieverseuchten Regionen verbracht: in Trancoso am Arraial d'Ajuda in Brasilien, in Essaouria in Marokko und dem Valle Gran Rey auf Gomera. Aber egal wo, das Entscheidende im Leben bleibt doch, so lautete der Kernsatz seiner Philosophie, die richtigen Drogen zur richtigen Zeit und am richtigen Ort zu nehmen. Jawoll! Ansichten eines Mannes, zu dem ich aufsah. Hätte er dereinst für das höchste Staatsamt kandidieren wollen, meine Stimme wäre ihm sicher gewesen. Er war Mitte 40, lebte nun seit über zehn Jahren bei den Wilden in Indien und jettete alle drei Monate mit British Airways nach good old Germany, um das Arbeitsamt zu verarschen. Er beherrschte alle Tricks, um der Werktat aus dem Weg zu gehen. Der Houdini des Müßiggangs, der Schwarzenegger der Faulheit. Er reckte dann das Kinn: »Ich habe noch nie in meinem Leben nicht ausgeschlafen!« Und das muss man erst mal von sich sagen können.

Maximum respect!

Zipp hatte es sich zur Lebensaufgabe gemacht, mich zum authentischen Dasein zu bekehren, was ihn zu meinem besten Kumpel machte. Wir hatten schon einige brachiale Trips miteinander unternommen und verstanden uns in der Fremde immer noch einen Tick besser als in unserer WG in Berlin. Er tat exakt das, was ich immer tun wollte. Nur besaß er, schätze ich mal, das Paar dickere Eier. Aber ich arbeitete an mir. Und er half tatkräftig und ausdauernd mit, indem er mir immer von Indien vorschwärmte. Aber Indien war echt nicht so mein Ding. Schon seit der ersten Schulklasse schleppte ich das Vorurteil mit mir rum, dass Kinderarbeit bei denen an der Tagesordnung war. Und so was ist für Kids, gleich neben der Taschengeldbesteuerung, natürlich der Super-GAU. Ganz besonders für mich. Hätte Zipp mir also nicht eindringlich und immer wieder versichert, dass Indien oder, genauer gesagt, Goa, das Indien ungefähr so repräsentiert wie Kreuzberg 36 Deutschland, nämlich gar nicht, der Himmel auf Erden sei, hätte ich mir überhaupt nie Gedanken darüber gemacht. Doch er zog die Schraube sukzessive an, bis ich irgendwann doch ins Grübeln geriet.

Er ließ einfach nicht locker.

»Denk doch mal nach, Alter: Drugs & Drugs & Drugs, wie klingt das für dich?«

Zugegeben, das klang vielversprechend. Doch dann dachte ich an die sexuelle Wüste bei unserem letzten Trip im Maghreb. »Aber wie steht's mit den Ladies da? Die sind doch sicher genauso zugeknöpft wie die in Marokko.«

Zipp seufzte. »Vergiss die Hindimiezen! Ich mein', die sind zwar nicht ganz so garstig wie die Schleiertanten, aber die vögeln prinzipiell auch nur ihren eigenen Genmüll.«

»Na ganz toll, und ich hänge dann da ab und wichse den ganzen Tag, oder was?!«

»Kannste machen. Kannst aber auch internationale Muschis lecken. Brauchst nur vor die Tür gehen, Alter. Wenn die Japs- oder die Ami- oder die australischen Miezen genug im Himalaya rumgekraxelt sind, dann kommen sie gern noch ein, zwei Wochen zum Plantschen und Raven nach Goa rüber, verstehste?! Die Judenschlampen auch, bloß geh'n die nicht erst kraxeln, die kommen gleich her. Weil wenn die ihren Militärdienst hinter sich haben, dann wollen die sich frei fühlen. Mamma Mia, das sind die schärfsten Bräute der Welt! Und auf Deutsche stehen die ganz besonders!«

»Ach so? Das überrascht mich irgendwie.«

»Ja? Na, das liegt daran, dass du dich in Psychologie eben nicht auskennst.«

»Verstehe. Man liebt, was man hasst, hm?«

»Nee, mein Kleiner, man liebt, was die Alten hassen! Weißte, wenn die mit 'nem Krautfresser ficken, dann befreien die sich auch irgendwie von ihrer eigenen Erziehungsscheiße.«

War ein interessanter Aspekt. »Klingt eigentlich vernünftig«, sagte ich.

»Hey, Goa ist Rave, okay?! Da geht's nicht drum, wo du herkommst oder welche Kacke dein Opa veranstaltet hat oder wie viel Scheißpigmente du rumschleppst. Da geht einfach nur das ab, was jeder vernünftige Mensch vom Leben erwartet: Sex, Drugs & Rock 'n' Roll! Und das, Freundchen, das ist nicht Fernsehen: Das ist echt! Das ist die verdammte Spitze der Evolution.«

»Shit, da muss ich hin!«

»Sag' ich doch!«

Ich rutschte nach solchen Gesprächen unruhig hin und her und sah aus meinem Barackenfester zu Halle 9 rüber, wo Gottschalk seine Show produzierte. Dauernd rannten Kabelträger rein und raus. Dauernd wurden Rentner und Halbversehrte mit Reisebussen angekarrt. Sie kauften dann in Plastik verpackten Schinkenspeck oder ein Teeservice mit dem bayrischen Staatswappen drauf, und dann sahen sie sich die *Wetten, dass …?*-Proben an. Ich schloss also lieber die Augen und erkannte paradiesische Strände vor mir, exotische Mädchen und Berge von Drogen. Herrgott, ich liebe Sex, ich liebe Drogen, und ich liebe es, das zu tun, was ich tun will. Nichts anderes nämlich, so sehe ich das zumindest, bedeutet Rock 'n' Roll. Aber mitten in die schönsten Fantasiegemälde hinein öffnete sich dann die Tür, und einer der hohlwangigen Autoren kam reingeschneit und nuschelte aufgeregt, dass er endlich einen Dreh gefunden habe, wieso Rainer nicht mehr in seiner Bauernredaktion arbeitet, wieso Hanna ihre Menstruation vor Thomas verheimlicht und warum Lena nicht länger im Koma liegen soll.

Und sobald das Schnipsel Glücksgefühl wieder der Realität gewichen war, fühlte ich mich selber wie eine der Soap-Figuren, die ich auf die Menschheit losließ; deren Lebenslauf ich entwarf, deren Träume ich schuf, deren Zukunft ich steuerte. Aber die Figuren durften lediglich geringfügigste charakterliche Wendungen vollziehen, und sie durften vor allem eines nicht, ihr Lebensset wechseln. Ein jeder hockte an seinem Platz, trank Tee, verfluchte seinen Partner und grübelte darüber nach, was er mit seinem Leben oder seinen Liebesbedürfnissen anstellen sollte. Ein niemals endender Reigen der Gefühle. Nur ab und an, wenn ein Schauspieler aus der Serie ausstieg oder dazu genötigt wurde, hatte man die besondere Ehre, ihn rauszuschreiben. Das machte den allermeisten Spaß, weil es eben echt was veränderte. Zum Beispiel, indem die Figur sich das Hirn rausballerte oder bei einem schrecklichen Autounfall ums Leben kam. Und der Action folgte dann oft das Reinschreiben der nächsten Figur. Das war auch noch einigermaßen funny, weil es halt auch einen Change mit sich brachte. Aber bald schon, sobald der Charakter mal etabliert war, ging es nur noch um Talk, Talk, Talk. Alles wurde besprochen, alles wurde gedacht, alles wurde erträumt – aber nichts wurde getan.

'ne echt bigotte Art des Hier und Jetzt.

Ich unterschied mich demnach nur unwesentlich von den Gestalten, die ich selber ins Leben rief. Nur, dass ich mich da aus freien Stücken reingeschrieben hatte. Um aber rauszukommen, musste ich mein eigenes Set, in dem ich mich so wohlig eingerichtet hatte, sprengen. Es bedurfte eines Tapetenwechsels mittels TNT. Dabei wollte ich mich gar nicht ganz und gar eliminieren, nur ein bisschen, wie man es oft bei schwangeren Darstellerinnen tun musste. Wo dann in der Serie erläutert wurde, sie werde sich um ihre kranke Tante in Belgien kümmern. Und wenn sie dann zurückkehrte und das Blag in der Bavaria-eigenen Kita gebunkert hatte, hieß es in der neuen Folge, ihre Tante in Belgien sei gestorben. Und deswegen wäre sie nach Hause zurückgekehrt. Also hockte ich weiter mittendrin. Ein fauler Apfel in einem Korb fleißiger Idioten. Oh, nicht, dass ich dachte, ich hätte mehr zu sagen als die, nee. Da machte ich mir nichts vor: Bei mir fand sich nichts, das vom wahren Leben handelte oder davon, wie man es führen sollte.

Aber ja, natürlich hegte ich heimlich den Wunsch, etwas beizutragen zu den Sorgen der Welt, etwas, das ich dann wieder geraderücken konnte. Ein Problem aufwerfen und es dann kunstvoll beseitigen. Eine Fehlentwicklung aufrollen und demonstrieren, wie man das managt und hinterher noch als Sieger daraus hervorgeht. Aber niente! Einer großen Entwicklungsgeschichte stand meine unausgesprochene Absicht, niemals etwas zu beenden, entgegen. Mein Leben fühlte sich nie an wie ein Roman. Mein Leben bestand immer aus Kurzgeschichten, die niemals happy endeten, sondern stets vor einem mal mehr, mal weniger behaarten Loch. Immer und immer wieder, bis sich daraus, wenn alles mal in eine Kiste gestopft würde, vielleicht doch noch so was wie ein Roman ergeben hätte. Aber hey, wie ich das jetzt sah, wäre ich letztlich auch zufrieden gewesen, wenn das Ganze am Ende nur ein Gedicht geworden wäre. Doch bis dahin musste ich mich noch fernmündlich über Wasser halten.

»Erzähl noch mal von den Miezen da! Die kommen von überall her, stimmt's? Absolute Spitzengeschosse, oder?«

»Alles, was du dir vorstellen kannst, Alter. Alles! Ich persönlich steh' ja auf welche mit kleinen Behinderungen und so, weißte ja. Aber bitte, mach du dein Ding: Modelchicks, Hippieschlampen, Esoschnecken. Behaart, unbehaart. Dumm, ganz dumm …«

»Klingt traumhaft! Und überall kannste Stoff kaufen, ja?!«

»Alles, wonach dir der Unsinn steht! Aber du kaufst es nicht überall, weil du ja nicht völlig verblödet bist. *Ich* weiß, wo man es kauft! Und du wirst es dann wohl auch bald wissen.«

Er kicherte. Und ich musste mal wieder ganz tief Luft holen. Irgendeinen Haken musste die Sache doch haben! Ich suchte diesen Haken, weil ich langsam richtig Schiss bekam, dass ich in der Lage sein könnte, mir das alles anzutun. Denn eines war mir immer klar: Ich würde da nicht eine oder zwei Wochen hinfahren, ich würde mindestens ein paar Monate hinwollen. Aber ich würde sowieso keinen Urlaub das nächste halbe Jahr kriegen, das stand überhaupt nicht zur Debatte bei den Quoten, die wir fuhren, und dem Druck, den der Sender veranstaltete. Und mir war auch klar, dass ich auf den Irrsinn so abfahren würde, dass ich möglicherweise ganz die Bodenhaftung verlor. Es war also besser, gute Gründe zu finden, um auf dem Teppich zu bleiben. Einen der Gründe hatte ich mit Zipp schon durchgekaut: mein Englisch! Ich radebrechte wie ein Hornochse, und dabei war es doch gerade die Finesse meiner Sprachbegabung, die mir weit mehr Pussies in die Kiste spülte als etwa mein Aussehen, für das ich noch selten Lob eingeheimst hatte. Dafür hatte ich eben so meine unfehlbaren Sprüche drauf, die ich unmöglich auf Englisch hätte hinzaubern können. Denn jeder ernsthafte One-Night-Stand begann schließlich mit einem guten Spruch. Wenn man zum Beispiel im richtigen Moment sagte, Lady, du siehst aus wie eine Göttin in Not, dann war das meist schon die Fahrkarte ins Paradies.

Doch Zipp behauptete, dass man da unten einerseits viel besser aussah, weil man immer braun gebrannt war, und andererseits Radebrechen die zweite Amtssprache sei. Ich musste also richtig tief in mich gehen, um das Haar in der Suppe zu finden. Denn wenn ein Vogel wie ich mal ganz frei von allen Zwängen wäre, konnte das ganz schön ins Auge gehen. Eine Sorge, die mich in Wahrheit so geil machte, dass ich mir am liebsten sofort einen runtergeholt hätte. Was ich dann auch tat. Dabei war ich bei so was schon zweimal überrascht worden. Einmal von meiner ziemlich jungen und ziemlich scharf aussehenden Scriptkoordinatorin, die Besseres als mich haben konnte und en passant darüber hinwegsah. Das war eben der Vorteil, wenn man von einer gehobenen Position aus onanierte. Und einmal von meiner nicht mehr ganz so jungen und nicht ganz so scharfen Dialogdramaturgin, die bereitwillig Hand anlegte. Das war der Lohn, wenn man seine gehobene Position nicht ausnutzte.

Die Tage krochen in Zeitlupe dahin. Am Morgen schleppte ich mich zum Büro, und am Abend rannte ich nach Hause. Und zwischendrin griff ich immer häufiger und gieriger zum Hörer. Aber meine Bedenken wuchsen mit.

»Ey, Zipp, aber weißt du, was mir ein bisschen Sorgen macht? Ich meine, wird man da nicht mit der Zeit rammdösig, so mit all dem Spaß, den man in einer Tour hat?«

Zipp lachte. »Wird man mit der Zeit nicht sowieso rammdösig? Pass auf, Junge, ich sag's dir noch mal, und ich will, dass es in deine Birne reingeht: Das hier is' für 'ne Schreibnutte wie dich genau das Richtige! Denn hier gibt es Leute, die was auf dem Kasten haben. Die Beatles waren früher da! Jetzt kommen Sven Väth und Paul Oakenfold und Konsorten. Unheimlich viele Künstler und so, du findest massenhaft Leute, mit denen du dich auseinandersetzen kannst. Ich sag's dir, das sind keine Idioten hier, das sind nur Wahnsinnige! Aber das sind genau die, die du brauchst! Das sind die, die dir nicht jeden Tag vorschreiben, wie du dich zu benehmen hast oder wie du aussehen sollst oder wie deine Stories eigentlich funktionieren. Nee, die Leute hier sind die, die *dich* lieben werden.«

»Scheiße, du Penner, du machst mich langsam weich!«

»Na das will ich doch schwer hoffen! Hey, und noch was: Wenn du mal was investieren willst, Hotte, dann biste hier auch genau richtig ...«

GUTE VORSÄTZE

Wissen Sie, ich verfüge über etwas ganz besonders Wertvolles, etwas, das der Liebe Gott vielen anderen nicht geschenkt hat: keine Moral! Ganz im Ernst. Wer auch immer dachte, ich sei ein Mensch mit guten Vorsätzen und ernsthafter Reuefähigkeit, sah sich in mir getäuscht. Ich besitze weder das eine noch das andere. Denn wenn man zwischen einem zufriedenen Zuhause – hübsche Freundin, guter Job, anständiges Gehalt – und blauem Dunst in Form von Sex, Drugs & Rock 'n' Roll zu entscheiden hat, was wählt man? Ist doch klar! Ich meine, irgendwann ist es klar. Aber es braucht schon seine Zeit, in der man sich ziert und grübelt und rechnet.

Ich zum Beispiel hatte es damals das erste Mal geschafft, mir ein finanzielles Polster anzuschaffen. Eine gewisse Sicherheit. Ein Fundament, auf das ich bauen konnte. Ich hätte mir ein Eigenheim in München oder Berlin leisten können. Ich hätte mich niederlassen können und sogar heiraten und allen meinen Verwandten und besonders meinem Vater beweisen, dass ich eben nicht der Nichtsnutz war, für den sie mich hielten. Tatsächlich aber war ich genau der Nichtsnutz, für den sie mich hielten.

Ich hatte umgerechnet eine halbe Million Dollar angespart und war dabei, alles auf eine unbekannte Karte zu setzen. Genauso gut hätte ich ins Spielcasino spazieren können und alles auf die Sieben packen. Ich hätte verlieren können und sofort blank sein oder den Gewinn ohnehin bald verprasst haben. Wie auch immer ich es angestellt hätte, was ich jedenfalls anstellte, es konnte nur schieflaufen. Da ich mir dessen aber bewusst war, konnte ich andererseits gar nicht viel falsch machen. Denn derjenige, der weiß, dass er alles verlieren wird, kann nichts verlieren, das er nicht sowieso verloren hätte. Auf 'ne abgefahrene Weise macht einen das auch unabhängig.

Nur, wo gehobelt wird, da fallen Späne. Mein Span hieß Walli. Klasse Mädchen, ehrlich. Würde nie was auf sie kommen lassen. Würde sie gegen jedes Schwein verteidigen, das sie nicht schätzte. Aber jeder schätzte sie ohnehin, nur verstand er nicht, wie sie mit mir zusammen sein konnte. Ihre Eltern, die recht wohlhabend waren, standen in der Schlange ganz vorne. Ihre Schauspielkollegen folgten dicht dahinter, und ihre Freundinnen empfanden mich als peinlich. Bloß, weil mich auf der Hochzeit ihrer Schwester irgend so ein Arschloch, ich glaube, es war ihr Bruder, auf dem Scheißhaus beim Koksen erwischt hatte. Na ja, was heißt erwischt? Ich drehte mich halt rum und fragte, ob er auch so 'n Brett ziehen will. Nee? Na, dann! Dann zog ich's eben noch selber weg.

Das ist es, was ich meine. Viele Leute verstanden einfach nicht, wie ich leben wollte. Oder akzeptierten es nicht. Dabei wollte ich auch nur leben, und ich habe noch niemals irgendeinem gesagt, wie er das machen soll. Ich respektiere es absolut, wenn die Menschen sich in Sicherheit wiegen wollen und alles dafür tun, dass das auch so bleibt. Ich käme niemals auf die Idee, zu jemandem zu sagen, hey, leb wie ich, hör auf zu arbeiten, nimm Drogen, geh tanzen und bumse, so viel du kriegen kannst. Andererseits, wenn ich mir vorstelle, dass jeder das tun würde, ich meine tanzen, bumsen, Drogen nehmen und aufhören zu arbeiten, dann hätten wir bald ein ganz schönes Durcheinander.

Mit Walli jedenfalls war das so 'ne Sache. Mit der ging's nämlich immer straighter um die Endlösung. Einmal, ich kam gerade von der Arbeit gerannt, erwähnte sie, ein bisschen zu sehr nebenbei für so 'ne wichtige Sache, dass ihre Schwester bald heiraten werde. Sie gab das in so einem Tonfall von sich, der in positivem Sinn hinterfotzig klang. Wie ein Wink mit dem Zaunpfahl, aber eigentlich trat sie gleich die Tür ein. Wie wenn darin mitgeklungen wäre, was hältst du davon, wenn wir beide auch heiraten? Nun, ich war nicht so der Typ, der vorschnell ans Heiraten dachte. Ich hielt es da eher mit der schwäbischen Version der Verlobung, also dem Sichern und Weitersuchen. Oder, wie die Amis sagen: search and destroy. Aber praktisch kam ich kaum in die Verlegenheit, zu einem Antrag überhaupt Stellung zu nehmen, einfach deshalb, weil ich so gut wie nie danach gefragt wurde. Meine Mädels schätzten mich halt meist ganz richtig ein und wussten, es nicht mit der Marke Bräutigam zu tun zu haben.

Ich will andererseits auch nicht behaupten, dass ich so schlimm war wie mein Kumpel Franz, genannt der Schwanz. Das war so der Typ Oneliner. Man konnte abends mit ihm ausgehen, und dann sah er ein Mädchen, das ihn verrückt machte. Er raunte dann so was wie, guck mal, die da, oh, Madonna, wow, Himmel, ist das ein bezauberndes Miststück, die würde ich sofort heiraten. Wenn Franz sich in so ein Mädchen verguckt hatte, was drei-, viermal die Woche vorkam, dann war es um das Mädel normalerweise geschehen. Aber wenn man ihn dann am anderen Tag traf, wirkte er oft reichlich zerknirscht. Und sobald ich fragte, Franzl, was macht 'n dein Mädel von gestern Abend, rollte er seine traurigen Hundeaugen und schniefte, Mist, Mensch, wir haben uns getrennt.

Mein Großvater frotzelte gern, wenn ihm etwas unvernünftig oder unmöglich erschien, eher käme Kuhschiss aufs Dach. Und wie, bitte schön, fragte meine Oma dann zwinkernd, kommt Kuhschiss aufs Dach? Ganz einfach, erklärte er, Kuh hat sich auf Schwanz geschissen, rumgedreht und hochgeschmissen! Diesen Dialog hatte ich als Kind oft gehört und nie kapiert. Inzwischen kapierte ich ihn. Und wenn Walli mich an jenem Tag, als ich von der Arbeit kam und sie mir erzählte, dass ihre Schwester heiraten würde, gefragt hätte, ob wir auch heiraten sollen, dann hätte ich ihr gesagt, eher kommt Kuhschiss aufs Dach. Aber ich musste das nicht sagen, denn sie fragte mich nicht. Ich sorgte dafür, dass sie es nicht tat. Indem ich mir alle Mühe gab, mich im Lichte der Widerwärtigkeit zu positionieren.

Dabei dachte ich ernsthaft an Vaterschaftsurlaub. Den durften die Bavaria-Schergen nicht verweigern. Und ich schreckte nicht vor dem Gedanken zurück, meine Freundin zu schwängern. Und wenn das Kind dann aufgeschlagen wäre, schnell ein Weilchen nach Indien auszuchecken. Aber wer weiß, ob ich das dann noch gepackt hätte. Am Ende hätte ich zu den anonymen Traumtänzern wackeln müssen, um mir mit anderen Illusionsgeschädigten zu versichern, dass Träume nur Schäume sind und wir clean werden wollen: Hallo, ich bin der Michael, ich habe lange Zeit davon geträumt, nach Indien zu gehen, um mich dort im Sex- und Drogenrausch gehen zu lassen. Aber jetzt weiß ich, dass dieser Traum nicht gut für mich ist. Ich träume jetzt schon seit sechs Wochen nicht mehr und hoffe, dass ich nie wieder so schlimm draufkomme. Danke.

Also ließ ich den Gedanken an den Vaterschaftsurlaub wieder fallen. Wäre gegenüber Walli auch nicht wirklich fair gewesen, schätze ich. Ich meine, ich war ja nicht so verroht, dass ich nicht auch nach moralisch intakten Schlupflöchern für meine Begehren geforscht hätte. Ich machte mir schon so meine Gedanken.

Denn wie würde ich's der Familie erklären, wie den Freunden oder jedem, dem was an mir lag? Niemand würde verstehen, wieso ich meinen Job und ein verdammt gutes Gehalt aufs Spiel setzte, nur um ein Weilchen mit abgestürzten Freaks rumzuhopsen. Das würden die einfach nicht kapieren. Vielleicht wäre ja eine Chance darin gelegen, wenn ich mich wenigstens gegenüber der Geschäftsleitung hätte outen können und quasi Mitleid erzwingen. Aber das war keineswegs zu erwarten. Für Sex vielleicht noch, aber für Drugs & Rock 'n' Roll hatten die keinen Sinn. Am wenigsten meine Produzentin Emmi Lembert. Die mochte mich vom ersten Moment an nicht. Vielleicht, weil ich mich beim Vorstellungsgespräch ungefragt auf den Stuhl vor ihr lümmelte; vielleicht, weil ich aufs Parkett aschte; oder vielleicht, weil ich auf ihr sofortiges branchenübliches Angebot, sie zu duzen, nicht einging. Ich pflegte nämlich so meine private Marotte, grundsätzlich keine Frau zu duzen, mit der ich nicht als Steigerung auch hätte Sex haben wollen. Sie war so eine. Und wenn ich mit einer wesentlich jüngeren Frau keinen Sex haben wollte, dann musste die schon verflucht hässlich sein. Vielleicht ging unser Tête-à-Tête aber auch nur deshalb in die Hose, weil meine Gehaltsforderung sie fast aus dem Sessel warf.

Sache war nämlich, dass ich damals eine verdammt gewiefte Agentin am Start hatte, so Anfang 40, die einem schon von Ferne eine Schnellerektion reindrückte und von der ich genau wusste, dass der Sender mich unbedingt bei der TV-Produktion dabeihaben wollte. Und diesbezüglich Druck machte. Und die Produktion ist nun mal, im Zeitalter des Quotennuttentums, der devote Sklave des Senders. Wissen dieser Art erleichtert Vorstellungsgespräche natürlich ungemein. Und noch etwas kam mir zugute.

Mein alter Herr, über den ich bei meiner Seele selten ein gutes Wort verliere, war in Sachen Verhandlungen die ungekrönte Chefsau. Wenn wir früher mit unserem von mir heiß geliebten hellblauen Ford 17M zum Urlaub an den Gardasee fuhren, handelte man da auf der Straße mit Schmuck und Uhren und so. Das war halt in den goldenen Zeiten 'ne Möglichkeit, den Alltag noch mehr zu vergolden. Sobald wir ankamen, drückte sich mein Alter sofort bei den Kollegas da rum. Er lehrte mich, pass auf, Knabe, wenn dir einer was verkaufen will, egal was, dann lotest du, bevor du dich auf Erbsenzählerei einlässt, erst mal die Schmerzgrenze von dem Kerl aus. Kapiert?! Yep, das hatte ich mir gemerkt und schon früher im Maghreb davon profitiert, wo an jeder Ecke 'ne Feilscherei abging. Wo sie den Touris eine mit Kamelleder bezogene Lampe oder einen mit Ziegenleder bezogenen Schemel verhökerten und sich nach stundenlangen Verhandlungen von 70 auf 62 Dollar runterhandeln ließen. Lächerlich. Verlangte also da unten am Gardasee im beschaulichen Sirmione so ein Katzelmacher 150 Mark für diese todschicke Uhr hier, dann betrachtete mein Vater das Ding wie einen Haufen ranzige Pasta asciuta und erwiderte: Hm, lass mal sehen, also das ist wirklich eine herrliche Arbeit. Ich gebe dir … drei Mark dafür! Drei Mark?! Da flog dem Kerl das Blech weg. Eigentlich, denkt man, rennt der jetzt weg. Aber nee, die Psychologie hat so ihren eigenen Dreh, am Verstand zu nagen. Denn es ging jetzt nicht mehr um die Uhr, sondern um den Zaster. Mein Alter sagte, ein Geschäft, Sohn, jedes Geschäft funktioniert so: Du kaufst nicht das, was dir einer verkaufen will, sondern verkaufst ihm, was er haben will – nämlich dein Geld.

Also, Frau Lembert bot mir, wie sie betonte, ein sehr gutes Gehalt an, zuzüglich wöchentlicher Heimflüge und Hotel respektive Wohnung. Bei den wöchentlichen Heimflügen und dem Hotel erzielten wir sofort einen Konsens. Zum sehr guten Gehalt konnte ich noch nichts sagen, weil ich ja nicht wusste, wie sehr gut es war. Plötzlich standen 6000 Flocken im Raum, und nach drei Monaten sollte das Gehalt dann moderat angehoben werden – na?! Sie lächelte mich von oben herab an und führte mit den Fingernägeln, mit denen man dekaweise Koks ins Nasenloch hätte schaufeln können, ein Trommeltänzchen auf. Also in puncto moderate Erhöhung gingen wir d'accord. Nur beim Gehalt sah ich ihre Schmerzgrenze noch nicht erreicht.

»Ich will 36 000«, sagte ich, »die ersten drei Monate, und dann 'ne moderate Liftung!«

Sie lachte entnervt drauflos. Aber es half ja nichts, der Sender wollte mich. Am Schluss handelte ich 17 Mille auf 18 nach drei Monaten aus! So, und jetzt stellen Sie sich mal vor, ich hätte mich wie ein Saharatourist in Marrakesch aufgeführt. Dann wäre ich da mit sechsdrei auf sechsfünf rausmarschiert. Jede Wette.

Ich trollte mich nach diesem Talk vor die Tür, pflanzte mich an einen Baum in die Sonne, rollte mir einen Sticky und dachte, du hast's geschafft, Junge. Dank *dir*, Daddy! Und allein diese Tatsache, auf nichtaggressive Weise an meinen Vater zu denken, war den Tag schon wert. So in der Sonne zu hocken und zu rauchen, das war ein sehr schönes Gefühl, ein Gefühl, das ich von jenem Moment an für fast zwei Jahre verlieren sollte wie einen guten Kameraden. Und dieser Kamerad, den ich schon gefallen wähnte, also genau dieses Gefühl kehrte nun unversehens wieder wie eine verflossene Liebe aus dem Krieg, wenn ich mit Zipp ins ferne Indien telefonierte. Und ich wusste genau, ganz genau, dass dieses Feeling mir den richtigen Weg wies.

Noch aber klebte ich in den Fängen der Lagerleiterin, die mich selber loswerden wollte, aber nicht durfte. Die hielt mich für einen Scharlatan, der süffigen Wein in brackiges Wasser verwandelte. Für einen, der im wunderbaren Feld der Daily Soaps rumwütete wie die Nazis im schönen Warschau. Kurzum, für einen, dem sie mit größter Freude die Entlassungspapiere an die Stirn genagelt hätte.

»Mit diesem Gedanken stehe ich morgens auf!«, behauptete sie.

»Na und«, frotzelte ich, »dann schreib' ich eben Romane!«

»Romane? *Sie*?!« Sie spuckte die Worte förmlich aus. »Sie schreiben wie ein Macho mit Minderwertigkeitsproblemen. Wenn Sie genug Geld hätten, würden Sie einen Hummer fahren und darin Frauen vergewaltigen. Bei Ihnen reicht's aber nur für eine Schreibmaschine, die Sie dann quälen können. Kein Mensch, zumindest keiner, den ich kenne, würde Ihren Quark lesen wollen!«

Konnte ich mir lebhaft denken, da ich ohnehin davon ausging, dass sie nur eine Hardcore-Lesbe sein konnte, 'ne versinglete aber. Ich gab's ihr tüchtig.

»Hey, Frauen lesen Konsalik. Männer lesen Leon!«

Da sagt die doch glatt, Männer lesen nicht!

Mensch, hatte ich die Schnauze voll. Und irgendwie ließ ich das an der armen Walli aus. Auf 'ne Art schleppte ich mir die Arbeit auch noch mit nach Hause, wenn Sie verstehen, was ich meine. Manchmal sah ich da nicht meine Süße am Herd werkeln, die sehnlichst auf Nachwuchs hoffte, sondern eine meiner Soap-Figuren, die mich am Verwirklichen meiner Träume hinderte. Das schlug sich natürlich auch verstärkt auf meine Lust nieder, irgendwas zu tun, was der Voraussetzung ihrer Träume entsprach. Sprich, sie zu bumsen. Nee, ich verbrachte die Wochenenden lieber in Berlin, besamte wahllos irgendwelche Proletten und gab mir mordsmäßig die Kante. Bis ich mir sagte, Junge, wenn du so weitermachst, wird dir nicht nur dein Job nicht mehr gefallen, dann wirst du deine Freundin auch nicht mehr mögen; der Sex wird dich überhaupt anekeln, die Drogen werden dich langweilen, und der Rock 'n' Roll wird darin bestehen, dass du dir zum Schluss freiwillig 'nen Kopfschuss setzt. Shit! Es wurde Zeit, zu handeln und Ja zum Leben zu sagen. Schluss mit dem Rumgeeier! Dem ewigen Hin und Her. Denn nur drei Dinge scheinen mir unrevidierbar: 'ne abgefeuerte Kugel, das gesprochene Wort und der erste Eindruck. Und damit das Erste nicht eintraf, musste ich das Zweite tun und das Dritte auschecken.

Yo! Ich war so weit.

Ich hatte mir prophylaktisch bei der indischen Botschaft in Pankow ein Visum ausstellen lassen und war auch schon gegen Malaria und Hepatitis B geimpft. Nun musste ich es nur noch bewerkstelligen, Urlaub zu kriegen. Aber die Einschaltquoten schwankten mal wieder bedenklich. Ständig trieb sich so ein Chivato vom Sender am Set oder im Development Office rum. Alle hatten die Hosen gestrichen voll und ackerten im roten Bereich. Jetzt auszuchecken war einfach unmöglich cum laude. Ich dachte mir, wenn ich gerade jetzt hingehe und Urlaub fordere, dann halten die mich für geistesgestört, was natürlich auch – und da machte es Bing. Geistesgestört! Yes. Ich kombinierte auf einmal so: Wenn sie den Urlaub ablehnen und ich dann stattdessen krank werde, sind sie natürlich pissed. Dann werfen sie mich raus und zahlen den Lohn nicht fort. Also musste ich den Spieß umdrehen!

Ich hatte mir aus meiner Hausbesetzerzeit noch ein kleines anarchistisches Büchlein zum Thema Krankenstand im

Dienst aufbewahrt. Da ich zu dieser Zeit, so Mitte der 80er, selbstverständlich keinerlei Arbeit nachging, war es für mich völlig nutzlos. Weil es aber damals als Szene-Pflichtlektüre in die Privatbibliothek eines jedes anständigen Nichtsnutzes gehörte, besaß ich es freilich auch. Eigentlich handelte es sich um einen recht profunden medizinischen Ratgeber mit dem Titel: *Lieber Krankfeiern als Gesundschuften!* Darin wurde detailliert ausgeführt, welche Symptome man dem Hausarzt schildern musste, damit er diese oder jene Krankheit diagnostizierte. Und auch, welche Therapien zu erwarten waren. Der Autor riet: Nehmt keinesfalls die Diagnose vorweg, sonst ist der Doc beleidigt und stellt eine andere. Und lasst euch nur dann Spritzen gefallen, wenn ihr auch wirklich urlaubsreif seid! Ansonsten lasst euch Pillen verschreiben und werft sie in den Müll.

Die Krankheiten selber waren nach Bedarf der Urlaubslänge gelistet. Sie reichten von Migräne und Darmgrippe bis zu Tennisellenbogen und Nierenbeckenentzündung. Das inspirierte mich ungemein. Zwar konnten gewiefte Krankfeierer, versprach die Broschüre, bis zu vier Monate im Jahr rausholen, doch das Problem war, eher nicht am Stück. Is' ja klar, je schwerer eine Erkrankung, desto unüberschaubarerer die diagnostischen und therapeutischen Folgen. Ich hatte zwar mit dem Gedanken gespielt, dass ich Krebs oder so haben könnte, dann wurde mir aber klar, dass ich nicht aus Spaß 'ne Chemo durchziehen wollte. Und wenn man die ablehnte, machte man sich schließlich auch verdächtig. Aber ich hatte zum Glück noch ein paar Zähne im Mund und ein paar Freunde in der Stadt. Einstein war so einer. Den kannte ich auch noch von den unbeschwerten Besetzerzeiten, da war er Medizinstudent, inzwischen war er Arzt. Einer von denen, die Obdachlose und so kostenlos behandelten.

Über ihn lernte ich dann einen Herzspezialisten kennen, der an der Charité tätig war. Spitzendoc, aber versaut bis auf die Knochen. Der rannte immer am Straßenstrich in der Johannisthaler rum, um Nutten aufzureißen, die es ohne Kondom trieben. Ich weiß nicht, auf was für einem Trip der war, aber ihm gefiel mein Vorhaben. Allerdings musste ich ihm versprechen, ihn nach Goa einzuladen. Ich erhielt dafür ein maßgeschneidertes EKG, das von einem Patienten stammte, dessen Pumpe kürzlich auseinandergeflogen war. Außerdem die detaillierte Anweisung für spontane Herzrhythmusstörungen, die mit rheumatischen Fieberschüben und explosionsartigem Dünnschiss einhergingen.

Derart aufmunitioniert marschierte ich dann zu einem ahnungslosen Doktor in München. Ich, bald Mitte 30, schwerer Raucher, regelmäßiger Trinker, polytoxikoman sowieso und obendrein Stressarbeiter – das konnte nicht gutgehen. Er schrieb mich sechs Wochen krank. Und weil ich bettelte und flehte und schrie, dass ich keinen Tag auf meiner Arbeit fehlen dürfe und nur Medikamente wolle, packte er pädagogikgesteuert noch zwei Wochen drauf. Er verlangte ultimativ, dass ich kürzertrat und am Leben blieb. Was konnte ich dagegen tun? Ich musste es hinnehmen, wenngleich ich auf drei Monate gehofft hatte. Für unser soapy Schreibbüro auf dem Gelände der Filmstadt aber, in dem ich der Futureliner und stellvertretende Headwriter war, kam dies einer Katastrophe gleich. Denn ich war gut in meinem Job. Die meisten mochten mich zwar nicht, aber hey, ich mochte sie auch nicht. Dafür aber brauchten sie mich, nur, ich brauchte sie nicht. Wie gesagt, lieber krankfeiern als gesundschuften.

Nachdem ich also das Offizielle erledigt hatte, rannte ich zum Taxi, raste zum Airport und düste nach Berlin. Walli war ohnehin nicht in München, sondern in den Alpen. Und meine drei Mitbewohner, wir lebten in einem ehemaligen besetzten Haus, waren auch nicht da. Nicht mal Mehl-Anton, und der war sonst immer da, weil er sein Nasalbusiness zu führen hatte. Sein Erfolgsrezept, daher hatte er seinen Spitznamen, bestand im Pulverstrecken. Irgendwann gab es in der Wohnung eine Razzia, und die Bullen fanden ein Kilo bei ihm unter den Fußbodenbrettern. Die Menge hätte jeden normalen Menschen zwei Jahre ins Loch gebracht, doch er wurde nicht einmal angeklagt. Denn laut Untersuchungsergebnis enthielt sein Pulver keine Spur Kokain. Dafür 80 Prozent Mehl, und der Rest Aspirin und sonstiger rezeptfreier Schrott. Bei manchen Typen fließt die Scheiße eben bergauf. Natürlich war er auch der Erste von uns, der ein Handy besaß. Stolz wie Oskar telefonierte er überall lauthals damit herum. Einmal gab's 'ne Party in unserem begrünten Hof, wo eine anständige Linde wuchs, und irgendeiner warf Antons Handy vom Balkon runter, weil seine Braut dran war. Es verhedderte sich jedoch in den Zweigen, und man hörte Antons Schnalle aus dem Geäst fluchen und keifen. Und er stand unten, kam an das Ding nicht ran und fluchte und keifte zurück. So ging es hin und her. War das verdammt merkwürdigste Streitgespräch, das ich je erlebt hatte.

Aber auf ein Streitgespräch, und darauf wäre es garantiert hinausgelaufen, hatte ich null Bock. Denn wie bog ich es Walli bei? Sie war über Silvester mit Mama und Papa beim Skifahren in Sankt Moritz. Ich finde Wintersport scheiße. Ich verabscheue zumindest diese Art Schnee und verlasse nie das Haus, wenn so ein Mist vom Himmel fällt; und es draußen glatt ist und man sich Gräten bricht und an jeder Ecke 'ne Erkältung holt. Völliger Irrsinn. Walli war also in jeder Hinsicht weit weg von mir. Okay, ich hätte sie anrufen können. Aber das wäre ziemlich abgefuckt gewesen. Ich meine, ihr am Telefon zu stecken, was Sache war. Oder noch abgefuckter, es ihr zu faxen. Nee, ich beschloss, ihr 'ne hübsche Karte zu schicken mit 'nem schönen Elefanten drauf und ein paar Blümchen drumrum: Bin zwei Monate in Indien, Schatz, brauchst nicht zu kochen.

Nun denn, ich packte meinen Rucksack, verbrauchte die restlichen Drogenvorkommen, und dann sprintete ich auch schon zum Nix-Wie-Weg-Reisebüro in die Goltzstraße. Dort war ich Stammkunde und bekam einen Abflug noch für denselben Abend reserviert. Und das an Silvester! Jetzt stand meiner Berufung ins Nirwana nichts mehr im Wege. Außer das Café M. Es liegt gleich ein paar Häuser weiter und war über Jahre mein Stammlokal. Ein Schuppen für gehobene Loser, die mich mit großem Hallo empfingen. Denn seit ich in München schuftete, war ich nur noch an Wochenenden zugegen. Die meisten der üblichen Kumpels waren da. Durch die Bank Drogenexperten. Alles prima Jungs. Sogar Ketten-Paul traf ich, der immer mit dem Fahrrad unterwegs war und frische Maiglöckchen rupfte, wie er seine Eroberungen nannte. Paul war Mitte 50, sah aber aus wie Alain Delon mit 40 und hatte mal richtig Kohle gescheffelt, weil er ein Sales-Display für Halsketten entwarf, die früher vor Kaufhäusern wie Karstadt und Hertie verscherbelt wurden. Normal passten auf diese Ständer 2000 Halsketten – auf seine aber passten 8000! Er hatte das Scheißding patentieren lassen und damit über eine Million eingestrichen, die er dann peu-à-peu in der Spielbank wieder loswurde.

Ketten-Paul radelte immer fröhlich summend vor Mittelschulen und Gymnasien rum, wo richtig junge Chicks abzugreifen waren. Er war nicht pädo oder so, aber über 16 sollten sie nicht sein. Auch nicht groß darunter, wie er sagte, 16 sei genau al dente. Man kann auf jeden Fall behaupten, dass er sich mit Weibern auskannte. Ich erzählte ihm darum ein bisschen über mein Dilemma mit Walli, das mich schon ein wenig beschäftigte, eben weil ich sie nie in meine Träume eingeweiht hatte. Wie klingt denn das, wenn der Braut die ganze Zeit das Wollen-wir-heiraten auf der Zunge brannte und mir das Ich-muss-nach-Goa-wegen-Sex-&-Drugs-&-Rock-'n'-Roll. Ich hatte mich also so richtig heiß und von der Seele gelabert und Peter bei drei, vier Hefeweizen alles haarklein geschildert. So ein alter Schwede wie der, dachte ich mir, der hatte bestimmt einen guten Tipp, wie diese emotional brisante Klippe halbwegs elegant zu umschiffen war. Er wiegte das Haupt nachdenklich hin und her, fuhr sich mit der Handfläche über die Kinnstoppeln und brummte: Hm, hm … also ich weiß nicht, ob dir das wirklich weiterhilft, aber was mich betrifft … ich persönlich bin nur noch an mösenrasierten Teenagern interessiert, die sich so in etwa drei Meter Entfernung vor mir bücken, sodass ich genau in ihr Popoloch gucken kann.

Also dazu fiel mir dann erst mal nichts mehr ein, aber es half mir insofern doch weiter, als mir bitterklar wurde, dass letztlich jeder mit seinem Ding klarkommen musste. Es half mir insofern auch weiter, als ich mir sagen konnte, wenn dein Wunsch, hinaus in die Welt zu ziehen, so groß ist, dann … wie mein alter Herr sagte: Reisende soll man nicht aufhalten. *Yes!* Ich stieß mit Peter an und sagte, danke, Alter, du hast mir echt geholfen. Dafür bin ich doch da, erwiderte er großzügig und soff leer. Anschließend bestellte ich noch 'ne Lokalrunde und sagte dann: Tschau. Was beneideten mich die Jungs, die bei ihrem Bier hocken blieben, mir wehmütig hinterhersahen und sich vorstellten, was ich demnächst wohl alles erleben würde. Mann, in diesem Moment war ich der Größte. Denn ich war der, der seinen Träumen nachjagte – statt die Augen zu öffnen.

FIRST CUT

Das Peter-Stuyvesant-Gefühl hatte mich voll am Wickel: unterwegs in die große weite Welt. Die ganze Show hinter mir lassen. Yeah! Zwei Monate nicht arbeiten und nicht früh aufstehen. Zwei Monate nicht an Daily Schmalz denken und keine *Tagesschau* gucken. Zwei Monate grauen Gesichtern aus dem Wege gehen und dem Winter den Finger zeigen. Hey, scheiß auf die Frühlingsdialektik, wo man den Sommer erst dann richtig genießen darf, wenn man vorher monatelang gelitten hat! Ich weiß, ich weiß, die Katholiken, die wollen das so. Die wollen leiden. Ich brauchte das nicht. Echt nicht!

Darum erzählte ich einer mitreisenden Lady mit sagenhaft langen Beinen meinen Lieblingswitz. Ich meine, wenn man gute Laune hat, hört einem jeder zu. »Hey, Lady, kennen Sie den Joke, wo der Typ in die Hölle kommt und der Teufel ihn überall rumführt und in jeder Kammer voll die Partypost abgeht und so? Worauf der Typ sagt, wow, das ist doch cool hier, und der Teufel antwortet, na klar ist das cool hier, und sie dann an einen Raum kommen, wo das ewige Feuer lodert und die Leute schrecklich leiden und der Typ verwundert guckt und der Teufel sagt: Das sind Katholiken, die wollen das so!« Ich gackerte, sie lächelte. Hatte allerdings kein Wort verstanden, weil sich rausstellte, dass sie kein Deutsch sprach. Egal, mehr wollte ich ohnehin nicht loswerden.

We are family, quietschten die Sister Sledge aus den Lautsprechern unterm Kabinendach: Silvester bei British Airways in 3000 Fuß Höhe. Langsam sinkend. Ein seichter Korken ploppte. Dem Anlass entsprechend ließ die königliche Airline einen Plastikbecher lauwarmen Fizz springen. Sir Flightcaptain himself mühte sich nach hinten, um uns Passagieren im maximal zu einem Viertel gefüllten 747er-Jumbo zuzuprosten. Sein Hemd baumelte ihm hinten aus der Hose. Es sah aus, als hätte er gerade auf dem Klo eine Stewardess flachgelegt respektive über den Abortdeckel geknickt. Wahrscheinlichkeit 70 Prozent. Zu hundert Prozent aber lag Bombay nun unter uns, das entsprechend dem politischen Rechtsruck der Obermuftis inzwischen wieder Mumbai hieß. Ein paar Hungerraketen hinterließen schmauchende Leuchtspuren. Wirklich beleuchtet zeigte sich nur der Innenstadtkern auf der Hauptinsel, der Gate of India mit der Victoria Station im Mittelpunkt. Große Hotels wie das Taj Mahal ließen sich selbst aus 1000 Fuß Höhe gut erkennen. Ganze Stadtviertel hingegen lagen im Halbdunkel. Meist nur erkennbar an der illuminierten Corona großer Avenuen außen herum. Silvester war offenbar kein so großer Deal an Brahmas Gestade. Möglicherweise hing das damit zusammen, dass die meisten der unmittelbaren Zukunft nicht eben optimistisch entgegensahen.

Morgens um eins hatten wir gut 25 Grad. Mit wir meine ich mich und die zwölftausendfünfhundert anderen Fluggäste, die offenbar zur gleichen Zeit gelandet waren und nun wie die Karnickel ausschwärmten. Auf dem Chhatrapati Shivaji International Airport ging es zu wie in der Metro am St. Michel um zwölf Uhr mittags. Durch die großen Glasflächen der Haupthalle sah man zwar direkt über, nicht aber *die* Dächer der Megaslums schlechthin. Man wusste nur, dass sie da waren. Die Dächer aus Wellblech, aus Pappe und Stacheldraht. Zehntausende Menschen hausten darunter. Eingeigelt im Bienenschwarm eines einmaligen Molochs – mit dem nach Beirut und Kapstadt garantiert schönsten Naturhafen.

Keine Frage, Bom Bahia, schöne Bucht: fünf Inseln. 19 Millionen Menschen. Fünf Millionen benzinbetriebene Fahrzeuge. Und ich! Ein einziges Chaos. Aber keine Spur von meinem Kumpel Zipp. Na, war ja klar. Und da vernahm ich auch schon meinen Namen per Lautsprecherdurchsage. Ich hatte mich am BA-Schalter einzufinden, wo mich ein laufender Meter, Mitte 20, grinsend empfing. »Mitchell?«

»Ja, Mann, ich bin Michael – wo steckt Zipp?«

Er hielt mir die Hand hin und konnte meinen Namen einfach nicht aussprechen. »Okay, Mitchell. Your friend is sick! But your best friend is my best friend also. So you come with me!« Er schulterte meinen Rucksack.

»My name is Gopi!«

Gopi wollte noch zur Stunde mit seinem Maruti-Omni-Lakaienbus auf die 550 Kilometer nach Goa aufbrechen. Aber ich hatte genug vom ewigen Hocken, ich wollte endlich etwas erleben. Ich schlug vor, ein Hotel zu nehmen. Doch Gopi meinte, das sei viel zu teuer in Bombay. Ich hatte aber im Reiseführer gelesen, dass das Taj Mahal eines der coolsten Hotels der Welt sein sollte.

»The Taj Mahal?! Mitchell, you are joking!«

»Gopi, you have to know something about me: I'm never joking!«

»Yes, Zipp told me you are funny!«

»Yeah?! Well, we will book a room in that fucking fleabag, then we'll find something to smoke, to eat, to drink, and after all we will go dancing and find something to cuddle!«

Er kicherte. Ich verlor langsam die Geduld.

»Gopi, is that a yes?«

Er kriegte sich ein. »Yes, Sir!«

Dann lachten wir beide drauflos, fädelten uns in den dichten Verkehr ein und tauchten ab. Mannomann, sechsspurige Straßen, Linksverkehr, Silvester. Ich kam mir vor wie auf Trip.

The Taj Mahal. Spitzenschuppen im viktorianischen Kolonialstil. Ganz schön hoch, aber weil es so breit und tief ist, fällt es nicht so auf. Gopi suchte einen Parkplatz. Ich schlug vor, seinen Schrotthaufen direkt vor den Eingang zu pflanzen, da, wo Maybachs, Jaguare und Rolls-Royces rumstanden. Beim Einlass dann das übliche Zeremoniell, das die meisten schon aus dem Fernsehen kennen: Wagenschlüssel abgeben, dem Lakaien den Rucksack in die Hand drücken, einchecken, Trinkgeld absondern, Klamotten auspacken, durchatmen. Yo! Eindrucksvolles Wohnzimmer: bunte Perserteppiche, schwere Samtgardinen, persönliche Hoteldiener. Gopi schien mir 'ne Spur zu beeindruckt. Ich beobachtete, wie er seine Sandalen gewissenhaft in die Ecke stellte und wie auf rohen Eiern umhertrippelte. Mir wurde fad. »Hey, you! Where do we find something to smoke? – Instantly!«

Gopi war auf diese Situation vorbereitet, denn Zipp hatte ihn mit einem Notfallset ausgerüstet. Mein erster *Finger*! Heißt so, weil man ihn länglich zusammenrollt, und entspricht genau zehn Gramm. In diesem Fall feinster klebriger Schwarzer Afghan. Ich bastelte eine Riesentüte. Gopi rauchte nicht. Also paffte ich allein, bis mir ein wenig schummrig wurde. Ich stopfte den Filter in den Rücken eines Aschenbechers in Elefantenform und reckte mich. Gopi hatte sich schon langgelegt und war ein bisschen weggenickt. Ich schnippte mit den Fingern. »Let's move, Atze!«

Wir fuhren in die auf Minusgrade abgekühlte Dining Hall runter, wo frohsinnige Touristen aus aller Welt sich mit Champagner ein ums andere Mal auf das neue Jahr zuprosteten. Dann fraßen wir jeder einen halben Hummer und einen halben Babytruthahn und widmeten uns dem Treiben. Bald hatten wir zwei halbhübsche Girls ausgecheckt, die angeblich aus Graz kamen, eher aber vom Lande waren, und luden sie zum Knutschen ein. Sie hießen, ich weiß nicht mehr, wie, und hatten wohl in einem Timberland-Kreuzworträtsel ein Wochenende in der hauseigenen Beautyfarm gewonnen. Sie waren billig, das heißt umsonst, und willig und gerade zur richtigen Zeit am richtigen Ort. Wir nahmen sie mit nach oben und bezogen Quartier. Um mich herum drehte sich alles. Das war herrlich. In einem letzten Kraftakt stemmte ich mich hoch und linste zu Gopi rüber, der im Halbdunkel seinen Anteil im Arm hielt.

»Hey, Gopi …!«

»Yes, Mitchell?«

»Happy new year!«

»Happy new year!«, trällerten alle im Chor.

Und dann – ich weiß nicht, was Gopi tat oder tun ließ – blies mir die Kleine erst mal einen. Und dabei muss ich wohl eingeschlafen sein. Ich meine, es war ja auch eine anstrengende Reise.

BOMBAY

Yo! 30 Grad, niveablauer Himmel, und das am 1. Januar. War allein schon 700 Dollar Ausschlafen wert gewesen. Plan war, losdüsen Richtung Sex & Drugs & Rock 'n' Roll. Ich war so fickrig wie ein Junge, der zum ersten Mal mit der Jungschar in die Freizeit fährt. Kam aber anders. Vorm Hotel gab es 'ne lautstarke Auseinandersetzung. Ein paar rotnasige Briten machten den Wagenmufti zur Sau, weil irgendwas nicht geklappt hatte wie vereinbart. Sechs verschwitzte Wayne Rooneys, die pronto nach Goa wollten, weil sie in Palolem Beach Hotelzimmer reserviert hatten. Deren Urlaubsuhr tickte. Ich sagte zu Gopi, gabel dir die Penner auf, seif sie anständig ein und verlang den dreifachen Preis. Aber er meinte, dass nicht genug Platz im Wagen für uns alle wäre. Ich streckte mich.

»I would never stay with those bastards in the same city, and even not in the same car!«

Gopi verschränkte die Arme.

»So forget it.«

Ich betrachtete den wunderbaren Himmel, der hier allerdings nur an Feiertagen so ungetrübt sein konnte.

»No, no, just pick them up.«

»What about you?«

»I stay!«

»I don't like that, Mitchell!«

Ich hatte aber plötzlich Gefallen an dem Gedanken gefunden, den Goaorgamus noch ein wenig hinauszuzögern und mich in Bombay warmzulaufen. Außerdem gefiel mir die Idee, mit dem Bus runterzufahren. Egal nämlich, wo man war, in Überlandbussen lernte man immer nette Ladies kennen.

»I will take the bus!«

Er wackelte verdrossen mit dem Kopf und seufzte. »You need to go to the bus terminal at the Victoria Terminus …«

»Don't worry, Gopi. I'm good on myself!«

Er nahm mich zur Seite. »But please, Mitchell, don't try to buy drugs or something … Bombay can be very dangerous!«

Ich sah mich um. »You got a finger left?«

Hatte er natürlich nicht, weil er nicht damit gerechnet hatte, über Nacht zu bleiben. Zipp habe mich zwar als unersättlich beschrieben, doch geglaubt, dass ein Finger bloß für den Trip wohl reichen müsste.

»Even for you!«

»Yeah, apparently not! But keep cool, I got a bit left over.«

Gopi schlug seine Hand in meine aufrecht gestellte ein, schrieb mir noch seine Adresse in Chapora auf, und dann bot er sich den sechs britischen Arschgeigen an, die happy waren, einen unverhofften Ride abzugreifen.

Und ich, ich taperte dann mal los.

Ich stand total darauf, in fremden Städten rumzulatschen, ich meine, erst mal ohne Stadtplan und so. Hier kriegte man das Alice-im-Wunderland-Gefühl. Ein einziges herrliches Sodom und Gomorrha. Moderner Ruin meets klassischen Untergang. Ich marschierte durch schrillbunte Warenwelten unter freiem Himmel; durch Non-Food-Areas, wo von Götterkitsch über Elektrogeräte bis Textilien mit jedem nur erdenklichen Schrott gedealt wurde; durch Food-Areas, wo von allem, was ein Mensch je verdrücken konnte, aber auch nichts fehlte. Mit Füßen, mit Flügeln, lebend, blutend, roh, gebraten, gedünstet, geräuchert, am Stöckchen, im Tütchen, als Fladen, im Brot, als Rolle, gehackt, im Stück, in Scheiben; in Kisten, in Säcken, auf Karren. Und plötzlich fing es an zu stinken. Aber wie die Pest. Kilometerlange Stände mit Dörrfisch luden zum Kotzen ein. Fliegenschwärme und abgehackte Fischköpfe trieben in Blutlachen. Für einen Olfaktoriker wie mich war das starker Tobak. Erinnerte mich an Marrakesch, wo ich mal ins Gerberviertel geraten war und es mir den Magen nach außen drehte. Ich hielt die Luft an und wurde von einem Typen beobachtet, der, schätze ich mal, an Elephantitis litt. Er bot mir an, für 50 Rupien ein Foto von ihm zu machen. Cheap! Und dann schlug er auch schon seine verlauste Decke zurück, in die er sich eingewickelt hatte. Das gab mir den Rest.

Ich sah zu, dass ich wegkam.

Die Sooraj, so nennen die hier die Sonne, knallte mittlerweile bestialisch. Ein bisschen Smog war auch aufgezogen. Der Schweiß tropfte mir von der Stirn. Das sind die Momente, in denen man sich wünscht, den Rucksack nicht dabeizuhaben, und in denen man schwach wird und mehr spendet, als vernünftig wäre. Ich war ja noch ein Greenhorn und wusste nicht, wie man die allgegenwärtigen Bettler vertreibt. Der Witz ist der, man kann Bettler nicht vertreiben. Aber wie kommt es, fragte ich mich, dass andere Aliens nicht in einer Tour belästigt werden? Nun, genauso, wie man Betteln lernen muss, muss man lernen, sich die Bettler vom Hals zu halten. Das erreicht man nur durch die Leck-mich-Visage, die auf dem System des Nicht-mal-Ignorierens beruht. Man braucht Jahre, bis man das beherrscht. Denn der Fehler der Ablehnung besteht gewöhnlich darin, die Ablehnung durch Ignoranz erzwingen zu wollen. Das funktioniert jedoch nur dann, wenn man zum Beispiel einer Frau nicht gefallen will, der man sowieso nicht gefällt. Aber wenn der Bettler glaubt, man hat ihn nicht gesehen, muss er sich ja bemerkbar machen. Ach, das ist alles furchtbar kompliziert. Aber hey, nicht alle schnorrten. Manche boten auch Dienstleistungen an. Diese durften natürlich nicht im Katalog anderer Dienstleister aufgeführt sein. Du kannst nicht einfach hingehen und jemandem anbieten, seine Schuhe zu putzen. Das tun andere. Die Schuhputzer nämlich. Die sind organisiert wie Trucker. Oder etwa Ohrenputzen oder gar Massage anbieten, no way. Der eine macht dies, der eine macht das und der andere gar nichts. Der, der gar nichts macht, ist ganz unten. Und so führt das Elendstreppchen langsam hoch und hinaus, den ganzen langen Weg bis zum Schuhputzer. Mag wenig klingen, aber ich sage Ihnen, der Eineiige ist König unter den Eunuchen.

Ich fragte mich langsam, während ich mir meinen Dunst aus dem Gesicht wischte, ob es in Goa wohl auch so nervig herging. Diese Zweifel in der Seele sind es halt, die einen durchschaubar machen. Da wird man dann Opfer von Wahrsagern. Die sind, glaube ich, Freelancer. So ’ne schrill Geschminkte von dieser Sorte, mit ’nem Klumpfuß dran, kauerte auf der Erde und zupfte mir am Hosenbein. I can see, you will get big problems, let me help you, cheap. Wäre ich mental obenauf gewesen, hätte sie gesagt, I see, you could be very happy soon, let me tell you how, cheap. Ich dachte mir, wenn so eine Braut schon checkt, dass du ein bisschen am Wackeln bist, dann brauchst du jetzt ein Bier. Und ’ne schöne Tüte. Und dann kam der Bock des Tages. Ich hatte mein Notfallset verloren! Oder hatte ich es in den Rucksack gestopft? Ich wurde wach. Jetzt interessierten mich die Penner und meine Zukunft weniger, ich wollte einen kiffen, sofort. Darum zuppelte ich an Ort und Stelle meine Flütten aus, warf alles vor mir auf den Boden, und dann, danke, Shanti,

Hanuman, Brahma und euch ganzen Superjungs, fand ich es. Die Wahrsagerin saß derweil schweigend da und sah mir zu. Vielleicht dachte sie, ich krame nach einer Kostbarkeit, die ich ihr aus fremden Ländern mitgebracht hatte. Ich zwinkerte ihr zu und wedelte mit dem angebrochenen Finger im Tütchen. You were wrong, baby! Let me help you! Costly! Und dann gab ich ihr mehr, als sie fürs Zukunftlesen wohl je verlangt hätte.

Ich war den ganzen Tag unterwegs und am Abend so im Arsch, dass ich keine Power mehr hatte, auch noch den Busbahnhof zu suchen. Aber auf diesen Mahal-Schuppen hatte ich keinen Bock mehr. Ich meine, es lag nicht an der Kohle. Ich hatte so 5000 Dollar in bar einstecken und noch fünfmal so viel in Travellerschecks. Mir konnte keiner was. Darum beschloss ich, es doch einfach so zu machen wie 'ne ganze Menge anderer hier. Die pennten auch einfach draußen. Hey, wenn du müde wirst, dann haust du dich halt hin! Gerade wo ich stand, lagen eine ganze Reihe, na ja, Penner kann man nicht sagen, halt Einwohner auf dem Gehweg rum. Nun, die lagen nicht rum wie Kraut und Rüben, und die hatten andererseits auch kein Nachtkästchen neben sich stehen, aber alles war an seinem Platz. Die reihten sich so sauber aneinander wie die Tasten auf 'nem Klavier. Die meisten pennten auf Carpets. So einen Luxus hatte ich allerdings nicht. Ich zog also ein paar Klamotten aus dem Rucksack, baute mir ein gemütliches Nest und machte mich lang, wo ich eine Lücke entdecken konnte. Neben mir lagerte eine Mutti mit drei Kids, die glotzten mich neugierig an. Alright … ich hatte von British Airways noch eine Tüte Gummibärchen sowie ein Set Malstifte einstecken und ließ sie ihnen rüberwachsen. Sie kauten und glotzten. Die Alte kramte im Gegenzug in einem geflickten Seesack und zauberte eine erstaunlich saubere Decke hervor, auf der ich dann schlief wie ein König.

Am nächsten Morgen hatte sich die Welt schon wieder leicht verändert. Ich war jetzt der Einzige, der da rumlag. Alle anderen waren verschwunden. Doch die Decke hatten sie mir dagelassen. Und noch was. Mit einem Stein beschwert, fand sich ein zerknitterter Pappendeckel, auf dem die Kids was verewigt hatten. Schien mir ein Flugzeug zu sein und ein Typ, der da gerade rausstürzt. Konnte ich sein. Drunter hatte die Mutti gekraxelt: *YOU LUCKY MAN*. Ich riss ein Stück von der Pappe als Filter ab und drehte mir zum Wachwerden vom Restfinger einen Sticky. Anschließend rappelte ich mich auf, packte meine Klamotten zusammen und suchte den Bus. Den nach Goa.

TRIPPY

Will man wissen, mit was für einem Typen man es zu tun hat, genügt oft ein Blick in dessen Kühlschrank. Stand aber zur Debatte, wo es am Busterminal der Victoria Station, die bautechnisch noch 'ne Runde schärfer daherkommt als das Vorbild in London, nach Goa ging, schaute man sich einfach die dort wartenden Passagiere an. Und dann waren alle Fragen beantwortet. Cheech & Chong hätten hier ihre helle Freude gehabt. Ich auch. Da waren sie, all die Ladies, die Zipp aufgezählt hatte: die Hippieschlampen, die Esobräute und die, die aus den Bergen kamen. Erinnerte mich an diesen Russenfilm *Solaris*, wo die Kosmonauten aus dem Fenster ins All gucken und alle Planeten einfarbig sind bis auf den einen, der bunt ist. Ich meine, bunt sind die Inder ja auch, besonders die Ladies. Aber diese Ladies hier waren noch bunter. Und so viele! Ich liebe halbwegs unverschwanzte Stelldicheins. Und bei den wenigen Typen im Rund schien Rastalook angesagt zu sein. Bunt waren die natürlich auch. Da wirkte ich mit meiner Jeans und dem unifarbenen T-Shirt schon wie ein Beamter oder eben wie 'n anderer Planet. Anyway, hier war ich richtig. Und freundlich ging's auch zu. Man grüßte sich und fragte, wie's ging, wo man hinwollte und welche Drogen man dabeihatte.

Und dann hielt er, ein richtig schicker Überlandbus mit Kühlschrank, Klima, Klo und allem Pipapo. Auf dem Display über der Frontscheibe prangte *Kathmandu – Mumbai – Poona – Panjim*. Wir drängten uns rein, und ich sah zu, einen Fensterplatz zu kriegen. Neben mir ließ sich eine magersüchtige Französin nieder, bei der ungefähr zehntausend Murmeln im Haar verflochten waren. Aber ganz nett, die Kleine, und hatte Pilze dabei. Schob sich einen in den Mund, gab mir ungefragt auch einen und setzte sich den Kopfhörer auf. Auch 'ne Art, in Ruhe gelassen zu werden, dachte ich noch, als es einen kleinen Zwischenfall gab. Kurz bevor wir losfuhren, stiefelten zwei Cops mit verspiegelten Sonnenbrillen an Bord. Offenbar suchten sie jemanden, denn sie glichen die Passagiere mit einem Fahndungsfoto ab. Aber gleich, als sie einstiegen, begann es zu prasseln, tak, tok, tock. Ich beugte mich runter und sah, dass der ganze Boden mit Pillen und sonstigen Drogen übersät war. Als die beiden Cops erfolglos wieder abzogen, lief der Film rückwärts ab. Nun befanden sich die ganzen Typen auf dem Boden, sich bückend oder auf den Knien rutschend, und sammelten ihr Zeug genauso schnell wieder ein, wie sie es hatten fallen lassen. Alles kicherte erleichtert. Jemand stieß einen spitzen Schrei aus. Andere fielen mit ein. Aus einem Ghettoblaster schmetterte Bob Marley. Bongotrommeln ertönten dazu. Die wenigen Inder im Bus lächelten einfach. Und ich gab mir den Pilz.

Bombay is 'ne ganz schön große Stadt, und der Bus brauchte schon ein Weilchen, um sich da rauszuquetschen. Reisen auf Psylo kann ich nur empfehlen. Wird nie langweilig, egal was man sieht. Ich beobachtete fasziniert den Verkehr auf dem Highway 17, der Mumbai-Goa-Road, der erst hinter New Bombay ein bisschen nachließ. Trotzdem, Laster, Jeeps und Busse wälzten sich in genügender Zahl qualmend und hupend voran. Da war echt was los. Ein Bike mit einer vierköpfigen Familie auf dem Sattel überholte uns und konnte einem Rindvieh, das mitten auf der Autobahn kackte, gerade noch ausweichen. Ein Crash hätte durchaus ins Bild gepasst. Die Bahn war auf beiden Seiten mit Wracks gepflastert.

Das war so 'ne Art Kunst am Bau. Die lassen das extra da stehen, damit die Leute vorsichtiger fahren. Natürlich sah man überall Kids dran rumschrauben und das Verwertbare einsacken. So 'ne Art Montagefließband zurück. Und an den Böschungen verrichteten Gents oben, Ladies etwas geschützter unten ihre Notdurft. Was da auf der Autobahn los war, nennt man bei uns Kirmes.

Irgendwann steckten wir dann an einer Baustelle im Stau. Frauen, manche mit Babys auf dem Rücken, balancierten Körbe voller Steine auf ihren Köpfen. Männer klopften Steine, andere setzten sie. Um den Bus geisterten Imbissmänner, die Fressalien feilboten. Mein Vordermann, der aussah wie aus Schweden, orderte süßes Brot und Wasser. Ungefragt bot er mir die Flasche an. Wahrscheinlich glaubte er wirklich, dass es echtes Trinkwasser aus der Fabrik war. Dann ging's weiter, der Verkehr ebbte ab und die Gegend wurde immer ländlicher. Einige Passagiere stiegen in Poona, einer ziemlich lebhaften, elendig versmogten Großstadt aus. Die Psylotante auch. Neue, von allen Kontinenten stammende Fahrgäste trampelten an Bord. Die meisten von denen hatten gerade 'ne professionelle Seelen- und Tantramassage im berühmtesten aller Touri-Aschrams eingefahren und waren geil auf Amateursex. Brauchten dringend ein bisschen Outsourcing, Landluft und träumten von Liebe ohne Anleitung. Die Stimmung erreichte ruckzuck wieder Partyniveau. Nur der Musikstil änderte sich. Waberte jetzt mehr. Ein Joint kreiste, der mir von einer Halbjapanerin gereicht wurde, die sich zu mir pflanzte. Sie schmiegte ihren Kopf an meine Schultern. Ihr Macker, der auch irgendwie japanisch aussah, nickte mir freundlich zu. Die fingen dann an, mir irgendwas zu erzählen, und als ich irgendwas dazu sagen wollte, merkte ich, dass mit der Pilz doch 'nen anständigen Gong verpasst hatte. Kann mich nur erinnern, dass sie ein Space-Camp gründen wollten und Fallschirmspringen anbieten und so. Auf jeden Fall Typen, mit denen das Reisen Spaß machte. Die hatten auch Pilze dabei, und ich ließ mich zu einem kleinen Nachschlag überreden. Irgendwann knutschte ich dann mit dem Mädel rum. Suzi hieß die, und ihr Freund Ossi. Der machte Fotos von uns. Der machte überhaupt die ganze Zeit Fotos. Der fotografierte alles. Ich lachte mich tot.

Yo! Goa. Ich schätze, auf dem Index der Most Freaky Places dürfte Chapora eine gehobene Position einnehmen. An der Adresse, die Gopi mir gegeben hatte, war zu lesen: Main Road. Aber ich sah nirgendwo Straßennamen oder Hausnummern. Ich fand eine Kneipe namens Penny. Der Schuppen wurde von Amrit gemanagt. Ein lustiger Kerl, der, hätte er zwei Gene weniger besessen, ein Schimpanse geworden wäre. Was ihn keineswegs unsympathisch machte. Als ich nach Gopi fragte, schenkte er mir erst mal einen Fenny ein. Der Fusel wird aus Kokosnuss gebrannt. Ich sagte ihm, er solle es nicht persönlich nehmen, aber Schnaps sei nun mal die einzige Droge, um die ich einen Bogen schlug. Er war wie die meisten Inder, zumindest die, die ich kenne, kein Überzeugungstäter. Ganz anders als die Jungs im Maghreb, die ein Nein grundsätzlich für ein Ja hielten. Er soff das Zeug selber und fand es prima, wenn es irgendwas gab, das man sich nicht antat. Dann sagte er irgendwas zu irgendeinem anderen und deutete mir, ihm zu folgen. Wir gingen ein paar Meter, und dann bog er in eine Hofeinfahrt ein, in der ich schon Gopis Maruti Omni entdeckte. Außerdem ein paar andere Fahrzeuge, darunter eine Dreiradrikscha. Die Dinger, die in ganz Asien Tuk-Tuk genannt werden. Amrit ging ins Haus, und ich wartete draußen.

Und dann traf mich beinahe der Blitz. Aus einem Fenster schien die Sonne in der Gestalt einer jungen Frau, die meine

Knie weich werden ließ. Und ich weiß nicht, ob es für meine Karriere oder mein Leben so praktisch war, dass sie sich dort sehen ließ. Ich kam mir vor wie ein Seefahrer, der plötzlich Land entdeckte und sofort wusste, dass er nicht eher lockerlassen würde, bis er dort gelandet war. Gopi trat aus dem Haus und umarmte mich.

»Mitchell, we have been waiting!«

Ich fragte ihn, wer das Mädchen am Fenster war.

»Could be several. Was she pretty?«

»Very.«

»Then it was Sonia, my second youngest sister. I have four.«

»All your sisters live here?«

»Yes, but Sonia is the pretty one.«

Ich lachte. Aber ich hatte das Gefühl, dass es nicht ganz echt klang. Das entging Gopi bestimmt. Hoffentlich wenigstens.

»Did you sleep again in the Taj Mahal, Mitchell?«

Als ich ihm erzählte, wie ich auf der Straße geschlafen hatte, griff er sich an den Kopf. Im Nachhinein betrachtet war das ja auch ganz schön fahrlässig gewesen. Aber ich hatte in diesen Gefilden überhaupt selten richtig Ärger am Hals. Hatte so den Dreh raus, wie man mit diesen People umspringen musste. Was nicht heißt, dass man nicht urplötzlich in gemeingefährlichen Irrsinn geraten konnte, der natürlich auch mit der grundsätzlichen charakterlichen Veranlagung der Leute hier zusammenhing. Und mit meiner natürlich. Denn an dem Tag, als ich beschloss, nicht nur für zwei schlappe Monate hier abzuhängen, sondern für den Rest meines Lebens, nun, an dem Tag regnete es.

Aber wie.

SONIA

Inder waren vermutlich schon immer kleiner und zierlicher als Amerikaner, Deutsche oder Australier; und die Inderinnen noch zierlicher als Amerikanerinnen, Deutsche oder Australierinnen. Und vor allen Dingen waren sie wesentlich leichter. Das viele Fleisch der Fremden aber zog die begehrlichen Blicke geiler Einheimischer auf sich. An den Wochenenden kamen ganze Kolonnen von Reisebussen aus Madras, Poona und Mumbai rübergeschippert. Überall entlang der Strände, im Rücken der Sonnenbadenden, sah man sie, die Hände auf dem Rücken geschlossen, vergnügt flanieren. Zumeist Geschäftsleute mit genügend Kies, um sich den Trip zu leisten. Whalewatching nannten sie das allen Ernstes. Sie konnten sich nicht an dem weißen Fleisch sattsehen, das da bei 30 Grad Hitze in der Sonne schwitzte. Viele von den Spannern hatten auch Ferngläser dabei. Sie glotzten ungeniert, laut kichernd, und wenn sie einen besonders dicken Brocken entdeckten, zeigten sie mit nackten Fingern darauf und schüttelten sich vor Lachen. Nette Jungs, doch daran gewöhnte man sich wie an nasebohrende Zoobesucher. Nur in Chapora, da bekamen sie nicht viel zu sehen. Denn wenn man sonntagnachmittags in Chapora an den Beach zog, dann waren da mehr Goanesen als sonst was. Und zwar sowohl vor wie hinter der Strandpromenade. Das lag daran, dass Sonstwas in der Nacht raven war und entweder noch immer irgendwo im Unterholz rumhopste, ausgebrannt im Club 99 abchillte oder tot auf der Veranda lag. Der Sonntag gehörte den Originals. Hatten sie auch sonst wenig mit dem

Rest ihres Kontinents gemein, konnte man hier doch Zeuge werden, wieso Zwischenfälle in Indien schnell zu haufenweise Toten führten. Zum Beispiel ein Gewitter. Was war da los? Wurden sie etwa massenweise vom Blitz erschlagen? Nein, sie wurden einfach überfahren!

Es geschah an einem jener Sonntagnachmittage, die den Leuten aus Chapora und Anjouna gehörten. Der Beach war also bevölkert, doch nacktes Fleisch gab es nicht viel zu sehen. Die Ladies streiften mal gerade ihre Sandalen von den Fesseln, ließen die Saris aber an. Die Gentlemen zogen höchstens das Oberteil aus, aber auch das gehörte sich nicht wirklich. Halbnackt durften sich nur die Kids zeigen. Die Brise vom Meer brachte etwas Kühlung, und der innere Luftdruckmesser signalisierte mir, dass was im Busch war. Wenn die Luftmassen um die Nase rum eine andere Temperatur erreichten als an den Knöcheln, lag etwas in der Luft. Sah man gen Westen auf das Arabische Meer hinaus, hatte man das Gefühl, man könne den Emiren in Abu Dhabi beim Geldzählen zugucken, so unwirklich klar war die Sicht. Ein schwarzer Strich, der sich langsam zur Wand aufbaute, näherte sich in Windeseile der Küste. Aber soll bloß keiner glauben, dass das der Stimmung einen Abbruch getan hätte! Lungiverkäufer, Masseure und wandelnde Chai-Shops bedienten ihre Klientel in stoischer Ruhe. Man konsumierte, lachte und genoss den Tag.

Es war mein Premierentag, denn ich war das erste Mal mit Gopi und dessen Bruder Joey sowie der ganzen Familie unterwegs. Darauf konnte ich mir schon was einbilden, weil es ganz und gar ungewöhnlich war, wenn einem die weiblichen Mitglieder des Clans vorgestellt wurden. Es konnte nur bedeuten, dass man es bis zum Freund der Familie geschafft hatte. Und das in sechs Wochen! Gopis Mutter, eine faltenfreie Mittfünfzigerin, lächelte in einer Tour und moderierte die Gespräche zwischen zwei weiteren älteren Ladies, die mir Gopi als seine Tanten vorstellte. Sie hatten sich offenbar eine Menge zu erzählen und schnatterten was das Zeug hielt. Gopis Vater, den ich bereits kennengelernt hatte, nahm es dann selber in die Hand, mir seine vier Töchter vorzustellen. Sie waren zwischen 16 und 30 und wirkten leicht eingeschüchtert bis neugierig. Mich interessierte aber nur Sonia. Da war sie. Traf allerdings erst ein, als wir uns alle schon auf Decken im Sand niedergelassen hatten. Mein lieber Mann, war ich froh, dass ich schon feste saß. Denn womöglich hätte es mich umgehauen.

Sie war 22. Sie war schön. Und sie war anders. Sie trug einen ärmellosen wie rückenfreien Sari, hatte weder Make-up aufgelegt, wie sonst fast alle Frauen hier, noch lackierte Nägel. Nur um ihr rechtes Fußgelenk wand sich ein buntes Kettchen. Auf der Stirn trug sie, wie ihre Schwestern, ein Bindi. Mich haben diese Dinger immer erregt. Ich glaube, das Bindi stellt so was wie das dritte Auge dar. Weil nämlich die Welt zwischen den Augenbrauen den Sitz der verborgenen Weisheiten darstellt. Verstehen Sie? Die ernsthaften Spinner reden auch vom sechsten Chakra: dem Ajna. In ihm werden alle meditativen Kräfte gebündelt. Manchmal ist es nur ein Farbklecks, der mit dem Finger aufgetippt wird. Früher wurde er wohl aufwendig gemalt, heute oft nur noch per Sticker aufgepappt. Im Original, ließ ich mich belehren, waren die Dinger ausschließlich rot. Ja, klar, weil Rot eben das Shakti verstärkt. Und Shakti heißt Stärke, und die wird noch mal verstärkt, weswegen die Bindis auch *Tikala* genannt werden, was einfach rot heißt. Rot, stark, konzentriert: So soll die Inderin sein! Es gilt als très chique, ein Bindi mit seinen Klamotten zu kombinieren. Das Ding kann heutzutage also auch grün oder blau sein. Sonias war rot-schwarz. In Form eines Tropfens. Und es war aufwendig gemalt. Sie war, erzählte mir Gopi später, die Konservative in der Familie. Dafür stand das Rot. Andererseits war sie die Unabhängigkeitssuchende, dafür stand das Schwarz. In ihrem Herzen aber war sie grün. Und das gefiel mir.

Wir tranken Obstsaft aus Thermosflaschen und radebrechten Englisch. Ich konnte meine Blicke nicht von ihr lassen. Alles an ihr war schmal und zierlich, ohne knöchern zu wirken. Nur der Busen schien ihr eine winzige Nummer zu groß zu sein. Wenn man sie von hinten sah, nahm man die Ausbuchtungen wahr. Ich musste schlucken und dachte mir, entweder kriegst du diese Frau, oder dein Leben macht keinen Sinn mehr. Sonia war ganz ohne Frage eine internationale Spitzennutte, soweit dieses Kompliment als Kompliment richtig aufgefasst wird. Sie war natürlich genau das Gegenteil einer Nutte, aber gerade das machte sie ja zu einer perfekten. Gott, ich liebte sie vom ersten Moment an. Und ich dachte über nichts weiter nach, als wie ich sie verbal befriedigen konnte, bevor ich dann vielleicht eines Tages meine Hand oder gar meine Lippen an sie legen konnte. Diese Perle jedoch zu bergen, so viel war mal klar, lief nur über die Familie.

Also lud ich den ganzen Bunch zum Essen ein. Sonias Daddy wackelte zu meinem Angebot in dieser unnachahmlichen Art mit dem Kopf, die man als Ja oder Nein oder Vielleicht verstehen konnte. Ich wollte es als Ja verstehen. Aber das war dann natürlich mein Problem.

»I will cook something special from my country«, sagte ich.

Die Köpfe im Rund wackelten. Ich dachte nach.

»Kässpätzle!«

Die Köpfe schaukelten weiter.

»Of course, Mitchell«, tätschelte der Alte meine Hand, »of course …«

Natürlich war es etwas anderes, mit einer einheimischen Familie am Strand zu hocken oder sie in sein Heim zu locken. Aber meinem Eifer tat dies keinen Abbruch. Um weißes Weizenmehl der Güte 405 aufzutreiben, musste ich mir in Mapsa unten allerdings die Hacken wund latschen, fand dafür aber obendrein mittelalten Gouda aus Himalaya-Produktion. Ich hing dann mit drei Kilo frisch geschabten Nudeln in der Küche, und keine Sau tauchte auf. Gegen drei Uhr morgens gab ich das Warten auf und kippte die Pampe hinter die Verklappung. Was soll's, man musste eben auch mal dazu stehen, ein Greenhorn zu sein. Und vielleicht ein bisschen ausgelacht zu werden.

Im Moment aber noch, da so am Beach, war ich voller Hoffnung. Und doch leicht besorgt. Ich deutete aufs Meer hinaus, wo sich das Unwetter immer bedrohlicher formierte. »Gopi …«

Er folgte meinem Blick.

»… I guess we'll get a tempest!«

Gopi grinste und schüttelte den Kopf. »No! No, Mitchell, no tempest today! Not today!«

»Why not?«

Gopi ließ die Schultern hüpfen. Ich nahm die Sonnenbrille runter.

»Because it's Sunday?«

»Yes!« Er lachte auf und rieb sich die Hände. »Everything is fine, Mitchell. It's nice here. Enjoy!«

»Yes, but it might be better to move now!«, insistierte ich.

Er beratschlagte sich auf Konkani mit seinem Vater. Alle sahen nun aufs Meer hinaus. Die Köpfe wackelten. Der

Alte ließ seine herrlichen Falten wippen und zeigte ein paar Zahnlücken. »No tempest today, Mitchell!«

Jedermann schien amüsiert. Okay, vielleicht war es normal, dass sonntags die Unwetter einen Umweg machten. Doch man spürte immer deutlicher, wie der Luftdruck in den Keller sackte. Schwere Gischt wurde rangespült, für mein Dafürhalten ein verdammt sicheres Zeichen, dass auf dem Meer draußen schon was im Gange war. Ich sah mich um. Keine Sau nahm Notiz von dem Krawall. Er wurde noch nicht einmal ignoriert. Ich wandte mich erneut und mit Nachdruck an Gopi. »Hey man, I promise you we will get a tempest! Let's move!«

Gopi lachte fast mitleidig und goss mir Saft nach. Entweder war ich ein feiger Hund oder die um mich rum waren dumme Esel oder, wie Andy aus Arambol es gern formulierte, beknackte Indviecher. Doch mit einem Mal ging es los. Donnern und Blitzen, Stürmen und Regenpeitschen. Und dann Panik! Was lange währt, wird ewig gut, dachte ich noch, als meine Begleiter in wilder Hektik begannen, ihre Zelte abzubauen. Um uns herum trieb der Sand meterhoch auf und brach die Revolution aus. Alles quiekte und kreischte und rannte wie von der Tarantel gestochen los. Sie stürzten in schierer Hysterie über die Promenadenbrüstung auf die Straße. Dort hatten Sturm und Wasser schnell eine schlammige Sandschicht aufgezogen. Wer ein Fahrzeug besaß, preschte drauflos. Kam ins Schlingern und raste in die Menge.

Unsere Frauen hatten alles Hab und Gut zusammengerafft und wollten ebenfalls türmen. Ich hielt Gopi auf und brüllte gegen das Tosen an, damit sie um Himmels willen blieben. Zum Glück nickte auch sein Vater. Es kostete ihn einen ordentlichen Wortschwall, seine Weiber in den Griff zu kriegen. Wir blieben also einfach stehen und sahen dem Grauen zu. Auf der Straße an der Promenade spielten sich durchgedrehte Szenen ab. Ein Reisebus stellte sich quer, kippte um und begrub eine ganze Gruppe Leute unter sich. Ein paar Bikes rauschten in den Bus und überschlugen sich. Wir beobachteten, wie jemand kopfüber in die Scheibe eines Pkw schoss. Immer mehr Fahrzeuge drängten auf den glitschigen Grund und krachten ineinander. Immer mehr Strandgäste beeilten sich, die Straße zu erreichen und zu überqueren. Sie fielen hin, wurden zerquetscht oder überfahren. Es war wie ein Mahlstrom, der die Menschen unweigerlich in seinen Bann zog und zerschmetterte.

Wir verharrten klitschnass am Fleck, während der Sturm unsere Kleider zerzauste. Gopi, Joey, ihr Alter und ich bildeten einen Schutzring um die Ladies. Da erkannte ich einen vielleicht dreijährigen Jungen, der verzweifelt versuchte, die Barriere zur Straße zu überwinden. Ich rannte hin und hielt ihn fest. Er schrie und strampelte, bis ich ihn schließlich an meine Brust drückte. Bestimmt war seine Mutter schon vorgelaufen. Schließlich kam Sonia hinzu. Das lief dann ab wie in *Doktor Schiwago*. Der Orkan peitschte uns Regen ins Gesicht, Sand verklebte unsere Lippen. Sterbende schrien auf der Straße, wo das Blut sich mit dem Wasser vermengte. Unsere Blicke klebten aneinander, während sie das Kind an sich nahm. Ich versuchte weitere Flüchtende vom tödlichen Plan, die Straße zu erreichen, abzuhalten. Auch Gopi und Joey lösten sich nun endlich. Wir taten, was wir konnten. Doch wir konnten nicht viel tun.

Fuck! In eine derartige Scheiße war ich noch nie geraten. Und ich konnte nur hoffen, dass wenigstens meine Rettungsaktion in Sonia den unstillbaren Wunsch hervorgerufen hatte, diesen Helden für sich zu gewinnen! Am nächsten Tag war in der Zeitung zu lesen, dass vier Menschen getötet und 28 schwer verletzt worden waren. Es war eines der schwersten Unglücke im ganzen Landkreis an diesem Wochenende, wenn nicht in ganz Goa. Nicht aber ganz Indien. Denn in Kalkutta hatte der Brand in einem Warenhaus über 50 Menschenleben gefordert, ein Eisenbahnunglück in Neu-Delhi 30 Tote und ein Terroranschlag in Madras im Rahmen der Regionalwahlen 18 Tote. Die übliche Wochenendausbeute des Sensenmannes, der in diesem Land voll und ganz auf seine Kosten kam. Mich interessierte allerdings mehr, ob ich auf meine Kosten kommen würde.

Sonia. Dieses Stück! Raubte mir den Verstand. Ich wollte sie. Ich war besessen. Ich war krank. Völlig verblödet natürlich, denn dieses aus dem kleinen goanesischen Kaff Chapora stammende Girl, Tochter eines Herrenschneiders und Schwester meines bald verdammt guten Freundes Gopi, der sein Lebtag Taxi fuhr, war für mich auf 'ne Art unberührbar. Man konnte als Ausländer, vor allem einer, über dessen Herkunft und Zukunftspläne man nichts Genaues wusste, ehrenvolle Absichten kaum plausibel darstellen. Wenn man in Indien ein Mädchen abgreifen wollte, insbesondere eines, das noch zu Hause lebte, dann brauchte man 'ne hieb- und stichfeste Vita sowie ein klares Familien- und Finanzkonzept. All das besaß ich nicht. Obwohl es in Goa zivilisierter ablief als in den harschen Hindi-Regionen. Dort war es ratsam, als Junge zur Welt zu kommen, um die Eltern später mal versorgen zu dürfen. Als Mädel hingegen passierte es einem schnell, dass man gleich nach der Geburt um die Ecke gebracht wurde, weil die Alten ansonsten irgendwann das Brautgeld aufzustellen hatten. Und nicht selten den missratenen Schwiegersohn gleich mit durchfüttern mussten. Aber hier waren sie auf dem neuesten Stand. Die Mitgift musste man schon selber mitbringen. Aber letztlich interessierte mich das doch einen Scheiß. Denn das ist ja das Geile, wenn man sich richtig verknallt hat: Jeder vernünftige Gedanke interessiert einen dann einen Scheiß!

Zum Teufel, sagte ich mir, es liegt doch an dir selber! Nur, dass die süße Sonia sich als One-Nighter entpuppen würde, darüber machte ich mir keine Illusionen. Nee, für die brauchte ich Zeit. Schätzungsweise sogar 'ne Menge Zeit, die ich mir dann eben nehmen musste. Well, da man Zeit bekanntlich nur aus der Zukunft schöpfen kann, wollte ich nicht kleckern, sondern klotzen. Wäre doch easy: noch mal zurückfliegen, Bankgeschäfte und so weiter erledigen, Bude in der WG aufgeben und der alten Lembert die Kündigung an die Stirn nageln. Wie ich mich kannte, würde ich mir Walli bis zum Schluss aufheben. Ich nahm mir vor, es so zu drehen, dass ich sie am Set erwischte. Sobald sie 'ne kurze Drehpause einlegte, würde ich irgendwas murmeln wie, ich bin jetzt mal in Indien. Und bevor sie groß darauf eingehen könnte, würde schon die Klappe für den nächsten Take hochgehalten.

Ich meine, es macht doch wenig Sinn, am Ort seiner Wünsche angelangt zu sein, sich dort über beide Ohren zu verlieben, nur um dann wieder in der Fabrik der ewigen Träume aufzuschlagen. Oder wie sehen Sie das? Mein Hirn jedenfalls schrie, nein, du Schwachkopf, doch dieses andere in mir, das sich mir nie persönlich vorgestellt hatte, das schrie noch lauter, es schrie: Yes! Do it!

And I did.

VIER JAHRE SPÄTER

Jede Woche das gleiche Theater! Wahrscheinlich war's immer mittwochs. Vielleicht war's auch samstags. Sie nannten es jedenfalls Sallymarket, was immer das bedeuten sollte. Ich wusste nur, dass es kaum Mittag sein konnte, weil Lady Sooraj es noch nicht geschafft hatte, die Ritzen meiner Jalousie zu erleuchten. Aber wen interessierte das? Tatsache war, dass ich ums Verrecken nicht mehr einschlafen konnte. Die Zeit zwischen Mittag und drei hing um diese Saison – wir hatten Monsun, es war feucht und heiß, und nix war los – wie tote Haut an mir. Wie faules Fleisch, dessen giftige Süße immer, wenn dieser Sallymarkt abrockte, die Luft verpestete. Ich wälzte mich von der Koje, schlappte zum Fenster, kratzte mich hinten und blinzelte vorn hinaus. Genau vor meinem Haus. Da! Das Quäken von Konkani, Marathi und Pidgin-Englisch. Übertönte jeden freundlichen Gedanken: Buy Lungi! Buy Carpet! Buy Fish! Mir dröhnte der Schädel. Dörrfisch am Stöckchen! Halleluja, die hatten das Meer vorm Haus und dealten mit Dörrfisch.

Aber was ging mich das an! Vermute mal, es ging mir auf den Wecker, weil ich in letzter Zeit emotional etwas aus dem Gleichgewicht war. Denn manchmal geriet ich ganz schön durcheinander mit all den Gedanken, die ich mir machte. So über dieses und jenes. Zudem waren ein paar Sachen schiefgelaufen, waren gerade am Verrutschen oder verweigerten sich meinem Zugriff. Und da begann ich, das zu tun, was man auf keinen Fall tun sollte, wenn man sich im Hier und Jetzt wohlfühlen möchte: Gedanken über die Zukunft machen! Na ja, ich nagte noch nicht unmittelbar am Hungertuch, dennoch wurde ich das Gefühl nicht los, dass es nicht ewig so weitergehen konnte. Zum Glück aber war ich von Haus aus so gestrickt, dass mir das nicht die Laune verderben konnte. Also beließ ich es bei dem Vorsatz, erst mal in aller Demut das zu genießen, was ich besaß, nämlich diesen schönen Tag hier, und dann, sobald es so weit wäre, den nächsten. Und so weiter.

Step by step.

Doch das mit dem Genießen wollte nicht mehr so recht hinhauen. Ich horchte in mich hinein. Ich massierte meinen Nacken. Ich sah an mir hinunter. Der Boden unter mir schwankte. Ich fühlte mich matt und musste derart gähnen, dass es mir fast den Kiefer ausrenkte. Fuck! Dabei hatte ich gestern Abend kaum mehr geraucht als sonst auch. Eher weniger. ’n halben Finger vielleicht. Oder hatte ich etwa Besuch gehabt? Oh, Mann, Zipp war da, alles klar. Wenn Zipp bei mir aufschlug, wurde alles, was flüssig, pulver- oder pillenförmig sowie brösel- oder lösbar war, vernichtet bis zum letzten Molekül. Zipp war wie immer hoch zu Royal Enfield – blubbernder Hobel bis 500 Kubik, bevorzugt in Olivgrün, einzigartiges Bike auch als Dieselausführung – in wehenden Pluderhosen und Badelatschen angerauscht und hatte selber was Leckeres in petto dabeigehabt: ein Fläschchen superbes Haschischöl, erste Pressung, virgin liquid. Damit kannte er sich aus wie kein Zweiter.

Da hatten wir also, fiel mir ein, noch so sechs, sieben Näschen pro Nase gezogen und zwei oder drei Pullen Wein pro Kehle gekillt. Aber das war’s dann auch schon. Und die Ampulle Seelenbalsam, die er mir dagelassen hatte, war auch noch gut zur Hälfte gefüllt. Es gab also wahrlich keinen Grund für den Körper, sich meinem strikten Willen zum Wohlfühlen entgegenzustellen. Denn das unbeschwerte Dasein in jedem Moment seines Lebens genießen zu dürfen war doch wohl das Recht eines jeden anständigen Erdenbürgers und wert, dafür mit jedem Atemzug zu kämpfen. Schließlich erhebt sich niemand am frühen Morgen von der Matratze und sagt sich, yeah, ich will mich heute mal so richtig elend fühlen. Nee, wahrscheinlich war mein Darben und Leiden aufs gestrige Food zurückzuführen. Es lag bestimmt am Food. Die Miesmuscheln! Jetzt machte es auch Sinn, warum die so heißen. Die waren vermutlich nicht richtig gewaschen worden. Und dafür konnte nur eine verantwortlich sein.

»Juanita!«

Juanita stand breitbeinig in der Küche und wackelte mit ihrem schmalen Hintern zu Hindi-Pop, der aus einem antiquierten Kofferradio quäkte. Sie war gerade damit beschäftigt, mein Frühstück aus einem Korb voller Karotten und Orangen zu extrahieren. Gleich am frühen Morgen ein Kick frischer K.-O.-Saft, das war mein kleiner Himmel auf Erden! Ich schnalzte mit der Zunge. Sie fuhr herum und ließ ihre schneeweiße Zahnleiste aufblitzen.

»Good morning, Mitchell!«

»Juanita, my sunshine!«

Sie lachte. Mama, bei diesem Anblick: Vergiss die Muscheln! Juanita Belissima: meine Köchin, Hausangestellte, Waschfrau und Mutter. Sie war bildschön, 23 und hatte außer mir noch zwei andere Kids zu versorgen, die zwei und vier Jahre alt waren und zumeist bei ihrer Tante Asha in Chapora City abhingen. Ich winkte ihr kurz zu und taperte, da es in meinem Magen zu grummeln begann, weiter Richtung Toilette.

Nanu! Unten raschelte es. Darum lehnte ich mich über die Veranda und warf einen Blick in den durchfeuchteten

Privatforst. Im Innenhof, der bei uns respektvoll Patio genannt wurde, werkelte Sir Maulwurf, Wolfgang Schneider. War 1988 aus Halle an der Saale in der damaligen DDR geflohen und trug den Spitznamen Columbus, weil er – so spöttelte die Legende – eigentlich nach Amerika abzischen wollte, aber am Hafen irgendwas verwechselt hatte. Na ja, Zonen-Wolfis erste Auslandsreise halt. Er besaß immer noch den DDR-Pass und traute sich nicht aufs Konsulat. Dabei schrieben wir das Jahr 1998!

»Geh zur Botschaft, du Penner«, sagte ich ihm dauernd, »die DDR gibt's nicht mehr!«

Dann winkte er ab. »Is' doch bloß 'ne Buchstabenwende, Genosse! Früher nannten die Ganoven sich NSDAP, dann SED, und jetzt schimpft sich der gleiche Lügenverein eben CDU! Alles eine reine Buchstabenwende!«

Nun, irgendwie hatte er natürlich recht. Die dicke Birne Helmut Kohl war längst auf dem Höhepunkt ihrer Macht angelangt. Ich hatte sogar extra ein *Titanic*-Cover aufgehoben. Es pinnte in der Küche und zeigte unseren Kanzler als Buddha mit der Überschrift: *Kohl jetzt auch Oppositionsführer!* Sir Columbus hingegen hatte eher geringe Ansprüche, besaß einen höchst grünen Daumen und fungierte als mein geschwätziger Leibgärtner. In seinem Refugium hatte er ein eigenes Mikroklima geschaffen, auf das er zu Recht stolz war. Die richtige Mischung aus mannshohen Palmengewächsen, saftigen Sukkulenten und aromatischen Gewürzen. Morgens roch es nach Ingwer, über Mittag nach Zimt und abends leicht nach Muskat. Abgerundet mit ein paar Büscheln Wildpfeffer, die obendrein allerlei Ungeziefer fernhielten. Würde den Mann nicht mehr missen wollen, auch wenn die ewigen Grundsatzdiskussionen mit ihm an den Nerven zerrten. Genauso wenig, wie ich die Datscha hier missen wollte, wenngleich ich sie mir noch ein bisschen näher am Meer gewünscht hätte. Ach, was soll's, die Kunst liegt letztlich darin, zufrieden zu sein mit dem, was man hat, und nicht darüber zu jammern, wie es sein könnte.

Meine Behausung, die durchaus die Bezeichnung Villa verdient haben mochte, war zweistöckig und wurde vor über 200 Jahren von fleißigen, verknechteten Händen zusammengezimmert. Ich hatte den Mietvertrag über Gopi von einem homophilen Spezialagenten namens Henry übernommen, der laut Zipp inzwischen im Nirwana Engelsschwänze lutschte. Das Fundament bestand aus Stein, einen richtigen Keller hingegen, mal abgesehen von dem gemauerten Kühlverlies, gab es nicht. Ein Großteil der vielfältigen Applikationen war dafür aus Holz gezimmert. Der Außenanstrich passte sich in cremefarbenem Gelb und weißen Brechungen cool der recht exotischen Umgebung an, die hier Jungle light genannt wurde. Die Fenster, deren Scheiben in einer Holzmatrix ruhten, waren obenrum mit sanften Bögen abgerundet. Eine nach Süden hin gelegene, überdachte Porch, die als Sitz meiner ultrabequemen Hängematte diente – einem Meisterwerk, das Juanitas Mama mit eigener Hand genäht hatte –, wurde von pittoresken Säulen getragen und schien geradezu zu schweben. Von hier aus vermochte man, wenn einen nicht der Schlaf übermannte, bis ins Tal der Heiligen zu blicken. Was besonders erfreute, wenn einem ein Ausblick am frühen Morgen vergönnt war; solange der Nebel über dem Tal waberte und sich der Grund nach und nach in ein sattes Grün verwandelte, das von einem kleinen Flusslauf genährt und von frei laufenden Rindviechern bevölkert wurde.

Doch auch im Hausinneren ließ es sich einigermaßen aushalten. Die Feuerstelle in der Küche wurde von einem lässigen Allesbrenner gefüttert, die gusseisernen Töpfe konnte man kaum anheben. Bunte Steinfliesen waren mit naturalistischen Motiven versehen. Im Waschbecken hätte man auch junge Elefanten abschrubben können. Alles hatte Dimensionen für eine mindestens acht- oder zehnköpfige Familie. Auf dem Arbeitstisch wäre das Zerlegen einer Hirschkuh ein Klacks gewesen. Aber was Größeres als ein eineinhalb Meter langer Tümmler, den ich kürzlich in seinen letzten Zuckungen liegend am Strand bei Arambol gefunden und unter übermenschlichen Anstrengungen herbeigeschafft hatte, wurde hier selten auseinandergenommen. Wobei ich versichern darf, dass Delfin – der, im Gegensatz zum minderwertigen Thunfisch beispielsweise, von einer prächtigen Lobby verhätschelt wird – echt lecker schmeckt. Und ’ne Menge Steaks ergibt. Sogar Naturfreund Columbus, den ich zum Festmahl eingeladen hatte, nickte anerkennend.

»Jam, jam … Thunfisch?«

»Äh, äh, Delfin!«

Na, Sie können sich schon denken, was dann für ’ne Art Diskussion losging, nachdem er den armen Walfisch in den Mülleimer gekotzt hatte: Fische, Säugetiere, Pflanzen, leck mich!

»Wer differenziert, wertet, Wolfi«, sagte ich. »Darin steckt die Keimzelle eines jeden Rassismus. So was tun nur Kommunisten und Katholiken.«

Dann, wie so oft, seufzte er betroffen auf und begann zu nölen, dass man mit mir nicht reden könne.

»Doch, mit mir kann man genau das tun!«, maulte ich. »Vielleicht ist mit mir ja nicht immer so gut Kirschen essen, aber reden kann man mit mir immer – und weißt du auch, warum?«

»Warum?«

»Weil ich nicht differenziere! Zumindest nicht ohne Not. Ich rede mit jedem. Ich esse alles. Ich bumse …«

»Ich weiß, *jeden*!«

»Eben nicht, das wollte ich gerade sagen. Die einzige Differenzierung, die ich ohne Not vornehme, ist die Geschlechterseparation.«

»Na schön … dann *jede*!«

Ich lehnte mich zurück, kaute nachdenklich auf meinem Säugetier rum, schenkte noch etwas Wein nach und prüfte die Stimmigkeit seiner Worte. Nun, was konnte ich sagen?

»Stimmt!«

Er schüttelte sich. »Bäh! Wenn du genügend Hasch gespritzt und Stromgitarren gehört hast, ist dir wirklich *alles* egal.«

Lächerlich! Als wenn ich in einer Tour aussätzige Miezen angeschleppt hätte. »Pass mal auf«, sagte ich.

Er stellte die Handflächen sarkastisch hinter den Ohren auf. Ich senkte meine Stimme.

»Wenn ich genug Hasch gespritzt und Stromgitarre gehört hab', dann ist mir eben *nicht* alles egal. Sondern dann – was du ja leider nie erleben wirst, egal in welchem Scheißsystem du dich gerade verkrümelst – beginne ich, die Dinge zu genießen. Und als Schönheit wahrzunehmen. Dann verwandle ich 'ne ausgeleierte Milf in 'ne funkensprühende Meerjungfrau; dann schmeißt 'ne Einbeinige ihre Prothese ins Feuer, weil sie mir glaubt, dass sie das schönste Bein der Welt hat. Wichser!«

»Alles klar …!« Er wuchtete sich hoch, wankte Richtung Tür und verschwand, nicht ohne noch eine Flasche Chablis mitgehen zu lassen. Heut' Nacht scheiß ich dir in deinen Hofgarten, du Penner, dachte ich noch. Aber dann fiel mir ein, dass es ja mein Hof war. Halt mal wieder so ein typischer Abend voller emotionaler Sinuskurven im Assagao-Lifestyle.

Yo. Assagao. So hieß das verträumte Kaff, in dem ich lebte. Sollten Sie im Moment die geografische Lage meines Reiches nicht vor Augen haben, genügt es zu wissen, dass es sich bei Goa, anders als einige vermuten, um keine Insel handelt. Ich meine, auf 'ne Art natürlich schon. Is' aber einfach nur der kleinste indische Bundesstaat und liegt an der Westküste, der sogenannten Konkan-Division. So 120 Kilometer lang und etwa 70 Kilometer ins Landesinnere. Vor knapp 600 Jahren schlug Vasco da Gama ein Stück weiter im Süden, in Calicut, auf. Sukzessive eroberten die portugiesischen Jungs einen Großteil Indiens, übrig blieb aber letztlich nur Goa. Bis die indische Armee Anfang der 1960er Jahre dem Spuk ein Ende bereitete. Aber die Relikte blieben natürlich allgegenwärtig: die Kirchen, die vielen Katholiken, die Namen der Mädchen; die weit bessere Küche als in den von den Briten regierten Landesteilen und besonders das Fehlen der Hardcore-Hindus und -Moslems, die im Osten und Norden ihre Regimes haben und so 'ne coole Show wie in Goa niemals dulden würden. Hier gibt es darum auch weit weniger Armut, viel weniger Gewalt und längst nicht so viele Rindviecher, die die Gegend nach Belieben zuscheißen dürfen.

Da fühlte man sich gleich viel wohler im trauten Heim. Insgesamt acht Zimmer gab's da, inklusive meiner professionell ausgestatteten Legowerkstatt, zuzüglich einer halb offenen Fressdiele zwischen Küche und Veranda. Für einen kleinen Fleck am Buckel der Welt war das hinnehmbar. Nach hinten raus sah man Dschungel light und hörte gegen Abend Hanuman-Languren plappern und kopulieren und morgens Hirtenmainas trällern und vögeln. Nach vorne, über einen mit Sachverstand verwilderten Garten voller Magnoliengewächse und einem schwer verkrüppelten Teak-Baum, schlängelte sich die Landstraße, die zur rechten Seite hin nach Mapusa, dem Provinzhauptstädtchen, und zur linken nach Anjouna, Chapora und Baga Beach führte. Zum Glück war die Straße schmal und der Asphalt an den Rändern so ausgefranst, dass größere Lastwagen lieber die etwas weitere Route über Calangute nahmen, wenn sie aus dem Landesinnern kamen. Abgesehen von Zwei- und Dreirädern aller Art, Kleinlastern, Taxen und Ochsenfuhrwerken machten nur die Busse Lärm, wenn sie, des sanften Anstiegs wegen, einen Gang runterschalteten. Das machte mir aber so gut wie gar nichts aus. Schließlich fuhren hier auch die Überlandbusse lang, die Nightliner, die regelmäßig von Panjim über Chapora, Poona und Bombay bis rauf nach Kathmandu gurkten. Und zurück. 'ne schöne Ecke, so 2000 Kilometer, aber irgendwann rauschten sie eben an meinem Anwesen vorbei. Und wenn dies geschah, dann war es Zeit, mich aufs Motorrad zu schwingen, um meinen Anteil zu sichern. Denn diese Busse, für hiesige Verhältnisse monströs mondän, mit Verklappung und allem Drum und Dran, hatten natürlich auch Passagiere an Bord. Pro Ladung, so über den Daumen gepeilt, zwei bis fünf ansprechbare Miezen. Immer! Und wenn man den Dreh erst raushatte, hey, 'ne todsichere Angelegenheit.

Hatte jedenfalls noch keine Lady auf der Bettkante hocken, der es bei mir nicht gefallen hätte. Zumindest was das Haus betrifft. Typisch portugiesische Kolonialbutze eben, die in diesem Fall über Generationen hinweg einer Kaufmannsfamilie aus Porto gehört hatte. Bis sie ihren Anspruch aus Kolonialzeiten aufgaben und sie an einen amerikanischen Immobiliensammler verscherbelten. Wie es hier mit einer Masse an Häusern und Grundstücken geschah. Was der Region nicht unbedingt Vorteile bescherte, mal nebenbei bemerkt. Mein Schmuckkästchen aber blieb der Innenhof mit dem verspielten Springbrunnen, der nur leider im Sommer verschlammt und im Winter ausgetrocknet war. Frisches Wasser bezog man aus dem Ziehbrunnen nebendran. Fließendes Wasser gab es nämlich nicht. Kanalisation noch weniger. Das sogenannte Klo grenzte an den hinteren Teil des Hauses. Über eine Rutsche spülte man die Hinterlassenschaft nach draußen. Unten wartete das Diplomatische Corps, eine Gruppe kleingewachsener, halb verwilderter und stets schwarz gedresster Schweinchen, die den ganzen Tag Spalier standen und sich dann um den Mist kümmerten. Sie ließen, sofern man sie nicht zu sehr mit anderen Leckereien verwöhnte, grunzend und schmatzend nichts verkommen. Juanita erklärte es mir so: Gourmet piggies eat your shit! But if they don't, you need doctor! Wie sich herausstellen sollte, hatte sie nur allzu recht.

Nachdem ich mich also geräuschvoll entleert und bei guter Literatur, damit meine ich etwa Bukowski, Schnitzler oder Ellroy, ordnungsgemäß gereinigt hatte – das heißt, Wasserkrug mit rechts nehmen und Wasser in die linke Hand gießen und mit dieser den Hintern abwischen und *niemals nicht* umgekehrt! –, öffnete ich den Messingverschlag des kleinen, runden Schauinsland, schob meinen Dickschädel raus und sah nach unten zu den smarten Gülleexperten. Doch die standen nur da und glotzten aus ihren winzigen Knopfaugen ins Leere. Au weia! Es war also geschehen! Sie verschmähten meine Exkremente. Sie zogen eher den Hungertod vor, als sich von meiner streptokokkengesättigten braunen Melasse verköstigen zu lassen. Und das konnte nur eines bedeuten: Ich musste ernstlich siech sein!

»Juanita!«

DR. SNUGGLES

Ich kann mich an den Namen des Arztes nicht erinnern. Wohl aber an sein unaufhörliches schmieriges Grinsen. Wobei ich nicht behaupten will, dass der Mann nicht wusste, was er tat. Zum Aperitif verschrieb er mir gleich mal Metall Nummer 3 und 4 gegen meine Magenverstimmung, die durchaus mit grenzwertigen Muscheln zu tun haben konnte. Den Rest des Nachmittages nämlich hatte ich gereihert wie ein malader Kojote, bis ich der besorgten Juanita endlich erlaubte, besagten Quacksalber herbeizuschaffen. Sie selber war sein größter Fan und behauptete, dass ihre Wenigkeit ohne ihn gar nicht existieren würde. Nicht nur, dass er als Geburtshelfer fungierte, oh nein, sogar als ihr Schöpfungsgeselle. Offenbar hatte Juanitas Daddy, der im Übrigen – was in diesem Land eine Menge bedeutet – ein anerkannter Brunnenmeister war, seinerzeit so seine Probleme mit der Manneskraft. Und Doktor Mabuse schien ihn davon befreit zu haben. Schätze, mit geraspelten Tigerzähnen auf Zirkonium. Der Kurpfuscher machte nämlich bevorzugt in Metall. Ich glaube, die Show nennt sich Rasashastra. Damit kurierte er buchstäblich alles! Er hatte ein dickes Buch dabei, in das man selber den Befund, den freilich er diktierte, sowie die Rezeptur und den Preis einzutragen hatte. Der Herr Doktor machte sich mit so was Profanem doch nicht die Finger schmutzig! Ich schrieb das Mittel auf, rechnete die Summe aus, schrieb auch diese noch hin und reichte ihm das Werk zurück. Und wie er dabei grinste.

Anschließend räusperte er sich mit räuberischer Miene und checkte gewissenhaft, ob die Tür verschlossen war. Wir kamen also, wie es aussah, endlich zur Sache. Er wollte wissen, was mir noch so fehlte. Mir passte der investigative Tonfall nicht. Aber ich versuchte, höflich zu bleiben, und dachte nach. Mir kam meine Bronchitis in den Sinn, die mich seit meiner Kindheit immer mal wieder heimsuchte. Er winkte ab.

»Bronchitis? No problem!«

Zur akkuraten Diagnose hob er meine Lider an, inspizierte fix mal meine Augen und ließ die Deckel wieder flappen. Gefahr erkannt, Gefahr gebannt. Klarer Fall von Metall 9 und 11. Er streckte mir den Wälzer entgegen.

»Write down, Sir! Mercury, 5 dollar plus plumb, 3 dollar!«

»What?!« Quecksilber und Blei? Der Kerl musste ’nen Dachschaden haben.

»It’s fucking toxic, man!«

Er nickte, grinste und hob den Finger.

»Yes, a little toxic for you, but much more toxic for bronchitis! Bronchitis die fast – you live to eternity!«

Er zwinkerte mir zu. Und ich, ich wackelte dieses Ja-Nein-Ding mit dem Kopf, wie es die Leute hier halt tun. Ich schrieb es unter Messing und Kupfer, also Brass 2 Dollar 50 und Copper 4 Dollar, dazu und addierte alles.

Doktor Snuggles grunzte zufrieden und nahm mir die Schwarte wieder ab. Aber er war noch längst nicht fertig mit mir. Wieder tappte er zur Tür und lauschte nach draußen. Da nichts zu hören war, wanderte sein Blick in frankensteinischer Verschlagenheit in meine Richtung. Seine Lippen spitzten sich zu einem Vulkankrater. Irgendwie sagte mir mein Gefühl, dass er mir gleich seinen Schwanz zeigen würde. Und siehe da, ganz so falsch lag ich gar nicht … Er rieb sich die feingliedrigen, absolut faltenfreien Pfötchen, die jeder Pianistin zur Ehre gereicht hätten.

»Okay, now let's check out your *true problems*!«

Meine wahren Probleme?

»Yes, Sir, and be honest. Are you satisfied with your sex life?«

Hm, ganz normal, schätzte ich. Ich bumste eben, was ich so kriegen konnte.

»No, no, no, I'm talking about quality!«

»Quality?« Well, umso breiter ich bin, antwortete ich, desto weniger achte ich halt auf Äußerlichkeiten und Alter und so.

»No, no, Sir, no, you don't understand. – Are you strong?«

Er ballte die Faust, hob die Elle und hieb sich auf den dürren Bizeps. »Strong?! Hard?!«

Ich behauptete, durchaus zufrieden zu sein. Was auch der Wahrheit entsprach. Wenngleich ein Mann natürlich nicht täglich in Höchstform sein konnte. Schließlich vermag es nur der Mittelmäßige, täglich in Höchstform zu sein. Aber ich war für meine Verhältnisse zufrieden.

»Really?«

»Yes, I am!«

»Yes?!«

»Yes!«

Zu meiner Verwunderung schüttelte er das Haupt.

»No! ... No, you are not!«

»No?!«

»No!« Er betonte das mit der selbstzufriedenen Bestimmtheit des unfehlbaren Profis, öffnete geheimnisvoll sein Arztköfferchen und zauberte ein völlig abgegriffenes, unfassbar schmuddeliges Pornoheft hervor. Es stammte aus deutscher Retroproduktion und betitelte sich galant mit *Arschpissen.*

Extremst hässliche, schwerst behaarte Modelle trieben dort derart abartige Dinge, dass einem die Augen schmerzten.

»So«, begann er mit bedeutsamer Miene, »what's up?«

Er deutete augenrollend auf meinen Schoß. Ich musste erst nachfragen, bis ich begriff, dass er tatsächlich von der Unmöglichkeit einer Erektion sprach. Nein, wirklich, so eine perverse Nummer konnte mich nicht erigieren. No way. »Sorry!«

Aha, da hatten wir's! »You see?!«

Einen gesunden Mann nämlich, musste ich mir anhören, würde alles erregen. *Alles*! Einfach alles! Der Penis sei nämlich, und das ist wirklich interessant, der Spiegel des Herz-Chakras. Werde er länger als zwei Minuten nicht durchpumpt, müsse man sterben. Zumindest mental. Er grinste. »You think you are happy! But if you do what I say, you will find out that you have never been happy!«

Ich schüttelte ungläubig den Kopf. Er grinste weiter. »Never!«

Fuck! Ich glaubte also nur, dass ich zufrieden war?! Und saß all die vielen Jahre nur der gezielten Desinformation meines Bewusstseins auf?

»Yes, Sir!« Zur todsicheren Abhilfe sollte ich die Generallösung wählen: Metall 1 bis 21, das ganze Programm, um damit endlich herauszufinden, wie es war, ein Mann zu sein. Wie es war, sich wie ein Mann zu fühlen. Und wie es war, wie ein Mann zu handeln.

Verdammt und zugenäht, die Vorstellung, dass man Ende 30 war und nicht wusste, wie man sich eigentlich zu fühlen hatte, war atemberaubend.

»Okay, du verdammter Scharlatan, schieb mir deine Giftschwarte rüber!«

»Sir?!«

»Hand me your holy book!«

Er reichte mir das Heiligtum, das ihn wohlhabend machte und die Autoren arm, und diktierte, die volle Dröhnung: alle 21 Festmetalle inklusive Gold und Silber, die mit 45 beziehungsweise 63 Dollar je Millionstel Gramm zu Buche schlugen. Insgesamt kostete mich der Spaß über 200 Dollar. Das war das Jahresgehalt eines Unberührbaren inklusive Weihnachtsgeld und Tip. Dafür sollte ich mein spontanes Magenleiden sowie die chronische Bronchitis loswerden und zur Krönung erfahren, wie es war, ein richtiger Kerl zu sein. Nun, ich gebe zu, gespannt war ich schon!

QUASI KOMA

Ich schluckte brav meinen multiplen Metallstaubmix, der mit Sägespänen vom Ginkgobaum und Akazienhonig fermentiert wurde und zum Heulen schmeckte. Zum Nachspülen ließ ich Juanita einen anständigen THC-Tee aufkochen. Ich fühlte mich zum Rauchen zu schlapp und verbrachte den Rest des Tages in der Horizontalen im Dämmerzustand. Doch plötzlich zogen merkwürdige Wolken auf. Sie waberten direkt durchs Zimmer. Das Letzte, was ich aus dieser Welt vernahm, war das Quietschen des Gartentores. Columbus wollte die Angeln extra nicht ölen, weil er der Ansicht war, es sei prima als subtile Alarmanlage zu gebrauchen. Nur deswegen kriegte ich mit, wie Juanita das Haus verließ. Das war insofern bedeutsam, als ich nun wusste, wie immer übers Wochenende ganz allein zu sein. Und auf keinerlei Hilfe mehr hoffen zu dürfen. Denn irgendwann wollte ich mich erheben, wahrscheinlich um pinkeln zu gehen, doch das funktionierte nicht. Ich konnte mich nicht rühren. Ich konnte nicht einmal mehr die Augenlider bewegen. Ich war vollständig paralysiert.

Und dann, dann knipste der Liebe Gott das Licht aus. Mit einem Schlag war es stockdunkel. Schließlich setzte meine Atmung aus. Ich musste an Fritz denken, einen Esoterikspinner aus Wien, der in fortgeschrittenem Stadium behauptete, er könne jetzt auch durch den Anus atmen. Wow, diese Fähigkeit hätte ich jetzt ebenfalls gebrauchen können. Ich trieb wie ein Stück Holz auf Sand – und starb. Um mich herum machte sich ein Vakuum breit. Cellophanfolie, eng wie eine zweite Haut, verpackte und präparierte mich als Kokon zur Verschiffung über den Styx. Ich spürte Metall auf der Zunge. Ich spürte, wie meine Knochen aufgesägt wurden und das Mark in kleine Castoren tropfte, die ratternde Märklin-Eisenbahnen abtransportierten. Der bittere Geschmack von Heavy Metal drang bis in meine Zehenspitzen vor. Und dann sah ich dieses Licht. Dieses endlose Licht. Eine gleißend weiße Bogenlampe am Horizont, die mir die Iris ausbrannte. Und dahinter, im Dunkeln verborgen, das war mir klar, lauerte das feiste Grinsen des Satans wie die Fresse eines Anglerfischs hinter seiner trügerischen Laterne. Das Licht kam näher und näher, und die Hitze kesselte mich ein und schmetterte mich schließlich in den verdammten Höllenpfuhl.

Kein Zweifel: Im Moment des Löffelabgebens rauscht das Leben im Highspeed-Mode an einem vorbei. Alles, was je von Bedeutung war, zerplatzt im Meer holografischer Seifenblasen. Quantenmüll! Gefühlsarithmetik im Reißwolf der Geschwindigkeit. Das explodierende Sammelsurium namens Erinnerung: Stellen Sie sich eine Million Fernseher mit einer Milliarde Programmen auf Hindi und Konkani vor. Stellen Sie sich unerträglich laute Musik vor, von der nicht eine einzige Note zur anderen passen will. Stellen Sie sich alle Gerüche dieser Welt auf einmal vor, übergießen Sie sich mit BP Super Plus und legen Sie Feuer: *Enjoy*!

Es knisterte und kokelte an allen Ecken und Enden, und doch, auf unerklärliche Weise, war mein Leben in diesem Moment aufgeräumter als je zuvor. Das Fegefeuer fackelte offenbar nur das Redundante und Nebensächliche ab. Mein Leben führte nicht mehr nur von hinten nach vorn, sondern war zu allen Seiten gleichzeitig präsent. Wie eine Marionette mit Leistungsbeschreibung und Bedienungsanleitung. Oder wie die Charakterbibel, die ich früher für meine Serienfiguren entwarf. Alles, was die Figur je erlebt hatte und von Belang war, was ihre Psychologie steuerte und ihre Zukunft erahnen ließ. Oft genügte ein Pinselstrich oder ein versetztes Komma, um ihrem Leben eine 180-Grad-Wendung anzudichten. So kam es, dass ich mich fragte, was ich wohl getan hätte, wenn ich nicht in diesem lebendigen Sarg gelandet wäre. Ob ich überhaupt das getan hatte, was ich tun wollte. Der Moment schien praktisch für derlei Überlegungen, da ich gerade nichts anderes zu tun hatte und mein Leben so schön skelettiert greifbar war. So sah ich alles vor mir, mein Profil, Stück für Stück, Sprengsel für Sprengsel. Momente, Menschen, Maschinen.

Die merkwürdigsten Figuren tauchten in meinem Kopf auf. Sogar mein Vater. Ich hatte ihn erst kürzlich angerufen. Wenn ich recht drüber nachdachte, muss es sich da bereits abgezeichnet haben, mental nicht ganz auf der Höhe zu sein. Das erste Mal seit vier Jahren rief ich ihn an, seit ich in meinem Exil hauste. Es war selbstverständlich ein absolut uncooler Talk und hinterließ wie immer einen frustrierten Sohnemann. Ich fragte mich anschließend allen Ernstes selber, was zum Teufel ein Typ wie ich an einem Ort wie diesem tat. Das kam davon, wenn man seinen Vater aus einem Phone-Shop in Mapsa anrief.

Er fragte: »Was zum Teufel tust du überhaupt da?«

»Ich lebe hier«, antwortete ich.

»Warum?«

»Warum?! Weil es mir hier gefällt. Ich liebe Indien!«

»Warum rufst du an?«

»Damit du weißt, wo ich bin.«

»Ich werde dir keinen Pfennig schicken!«

»Gut.«

Ich legte auf. Und hätte mich in den Arm beißen können, ihn überhaupt angerufen zu haben. Es machte mich wütend, wenn jemand meine Existenz infrage stellte. Ich fragte ihn ja auch nicht, wieso er in seinem schwäbischen Kaff lebte und nicht etwa da, wo es mir vielleicht gefallen hätte. Mann!

Wie auch immer, es war ohnehin zu spät, darüber nachzudenken, was ich hier eigentlich tat. Was hatte ich mit meiner Zeit angestellt? Was blieb übrig von dem, was ich getan hatte? Wenn ich ehrlich war, gar nicht so viel. Ich sage nicht, dass es zu wenig war, aber es war auf jeden Fall nicht genug. Ich riss imaginär die Augen auf und bekam nun mit dem Vorschlaghammer eingebläut, worüber ich mir nie Gedanken gemacht hatte. Gerade jetzt schlug das Imperium zurück, wo ich keine Chance mehr hatte, noch irgendetwas gutzumachen. Aber vielleicht fand ich ja, wenn ich mal genau nachdachte, den Punkt, an dem eine andere Entscheidung oder eine Richtungsänderung mich dahin geführt hätte, dass es mir an diesem Tag nicht so elend gehen würde. Aber ich weigerte mich nach wie vor, es als Fehler zu erachten, überhaupt nach Indien gekommen zu sein. No way! Alles musste irgendwie mit den Spezialagenten zusammenhängen, mit denen ich in letzter Zeit immer intensiver zu tun bekommen hatte.

SPEZIALAGENTEN

Wir gaben unseren Bikes anständig die Sporen und zischten mal ein bisschen gen Norden hoch. Zipp wollte mir einen alten Kumpel vorstellen, der ein abgeschiedenes Restaurant am Morjim Beach betrieb. In Siolim, inzwischen gibt es da eine Brücke, mussten wir die Fähre über den Goa River nehmen. Ich hatte das später so cool drauf, dass ich über die Landungsklappe vollspeed auf den Kahn bretterte und das Hinterrad im letzten Moment um die Achse schliddern ließ. Und sauber stand. Dann konnte man als letzter Ankömmling doch der Erste sein, der das Schiff wieder verließ, weil die anderen ja brav in einer Schleife hintenrum einparkten. Dabei hätte man eigentlich genug Zeit gehabt, aber es war halt nun mal mordsfunny, und man gönnte sich ja sonst nichts.

In dem Kaff auf der anderen Seite gingen gerade, wie immer irgendwo im Land, Regionalwahlen ab. Ein Mordsspektakel. Die Straßen barsten vor Schreihälsen und Fahrzeugen mit Lautsprechern auf dem Dach. Ich schätze, je lauter geschrien wurde, desto größer war die Chance, gewählt zu werden. Wie überall halt.

Mitten in der Pampa bogen wir dann plötzlich in ein Feld ab. Wir schossen mitten durchs Gras. Malmende Kühe sahen uns zu. Schöne goanesische Wasserbüffel, deren Gehörn gut einen Meter achtzig Spannweite maß. Die Brocken konnten ohne Weiteres 'ne Tonne auf die Viehwaage bringen. Gut, dass sie zumeist peaceful daherkamen, denn natürlich waren die Wiesen nicht umzäunt oder so. Das Beste war aber ohnehin, man hatte einfach

Glück. Und wir hatten meistens Glück. Schließlich fanden wir den Schuppen, der so abgelegen war, dass selbst Zipp ihn immer wieder aufs Neue suchen musste. Zunächst durfte man sich durch dichtes, halb verdörrtes Unterholz und dornenbewehrte Sträucher kämpfen, und die Räder drehten auf dem sandigen Untergrund durch. Da musste man lernen, die Balance zu halten. Ich legte mich gleich mal hin und verbrannte mir die Wade am Auspuff. Aber es lohnte sich, denn mir wurde das bei meiner Seele schmackhafteste Mahl serviert, an das ich mich überhaupt erinnern kann. Ich glaube einfach nicht, dass mir jemals etwas noch besser schmecken könnte. Wie bei allen göttlichen Genüssen, die Vollatheisten wie Genosse Columbus noch nicht mal erträumen konnten. Das Restaurant lag in einem dem Beach vorgelagerten Waldstreifen. Es trug keinen Namen und bestand aus einem Tischchen und vier Stühlen auf nacktem Sand im Freien. Überdacht von einer löchrigen Plastikplane, die von vier Palmpfosten getragen wurde. Ein winziges Häuslein nebendran beherbergte die Küche. Viel mehr als ein Ofen hatte darin auch kaum Platz gehabt. Für einen Kühlschrank reichte es schon nicht mehr. Es gab ohnehin keinen Strom. Das war aber auch egal, weil hier nur Frischware feilgeboten wurde. Und zwar frisch as frisch can! Meist marschierte Howi, der als Inhaber, Koch und Kellner in einem fungierte und seinen Laden top secret betrieb, nach der Bestellung direkt los. Zum Strand. Der Beach war riesig, unberührt, traumhaft. In Goa durfte man nämlich erst 500 Meter hinter der höchsten Flutlinie bauen, und wenn auf dem Strand selber keinerlei Aktivitäten stattfanden, dann wirkte er, gerade bei Ebbe, umso riesiger. An diesem Strand gab es keine Aktivitäten, man durfte ihn nicht mal betreten. Eine internationale Schutzorganisation sorgte inklusive knüppelbewehrtem Wachschutz dafür, dass dieser Ort, eines der größten Brutgebiete für Schildkröten in Südasien, unberührt blieb.

Nun, dies ermöglichte unserem guten Howi, der im Park Hyatt in Cansaulim ernsthaftes Kochen studiert hatte, quasi konkurrenzlos, Schildkrötenküche zu offerieren: Mutterschildkröten, Jungschildkröten, Babyschildkröten und Schildkröteneier. Im Salat oder als Suppe, gebraten oder gedünstet. So oder so, fucking delikat! Ich schätze mal, die meisten wissen gar nicht, wie so was eigentlich schmeckt. Also, ich wusste es nicht. So musste sich 'ne Nonne nach dem ersten Sex fühlen, wo sie doch immer der Meinung war, der Katechismus allein mache selig. Das war so was wie 'ne spirituelle Erleuchtung. Würde meinen zweitbesten Bums sofort gegen 'ne Tüte Schildkröteneier tauschen. Aber irgendwann ist man satt. Wir tranken noch ein paar Bier und rauchten ein paar Joints. Anstatt nach Hause zu fahren, beschlossen wir, noch einen kleinen Abstecher nach Arambol zu unternehmen, das etwa 15 Kilometer nördlich lag.

Das abgeschiedene Kaff bestand aus einer langgezogenen S-Kurve, die sich mal flach, mal felsig eng um den Meerbusen legte. Unregelmäßig reihten sich Häuser aneinander, manche solide gebaut, andere mehr Hütten. Am südlichen Ende entlang dem Strand befanden sich noch Kneipen und Fressbuden, doch dann dünnte es nach Norden hin immer weiter aus. Mondenschein und der fahle Schimmer vereinzelter Straßenlaternen waren die einzigen Orientierungspunkte. Ein quietschendes Windrad und das Heulen verwilderter Köter stellten klar, dass man hier am Arsch der Welt war. Auf der Anhöhe am Ende der unplanierten Straße, die auf den bewaldeten Berg des Hinterlandes zulief, erreichten wir ein einsames Haus. Aus einem der Fenster im oberen Stockwerk quäkte der Moderator eines schlecht eingestellten Radiosenders. Offenbar hatte es im Norden geregnet. Die Menschen, schrie er übergeschnappt, würden auf den Straßen tanzen. Moslems, Christen und Hindus seien vereint in der Freude über das Nass. Zipp blieb stehen und deutet auf den Giebel des ganz aus Holz errichteten Guesthouse. Dort flackerte eine Neonschrift, an der die Us ausgefallen waren: Pury-Purang. Bei Nacht las man nur Pry-Prang. In einem der oberen Zimmer wurde Licht angeschaltet. Ein schwer zu deutendes Japsen übertönte den Radiomann. Zipp grinste. »Jetzt lernste mal 'n paar richtige Spezialagenten kennen, Alter!«

Wir betraten den Flur, dessen Eingang nur von Fliegenstrippen gesichert wurde. Hinter einem stabilen Holzdesk befand sich ein Schlüsselbord. Ich zählte acht Schlüssel, keiner fehlte. Zipp schien meine Gedanken zu erraten. »Die sind alle zu Hause. 'n paar von denen sind schon nicht mehr so gut zu Fuß!«

Wir latschten weiter und gelangten in einen geduckten, aber recht weitläufigen Raum. Er beherbergte einfachstes Gestühl und drei oder vier Tische. An den Wänden hingen haufenweise Bilder, meist naturalistische Aquarelle, die allesamt Freaks und Hippies am Beach zeigten. Der wohl 30-jährige Inhaber hieß Lawrence. Einer der vielen einheimischen Männer mit englischem Vornamen. Frauennamen hingegen – abgesehen von Sonia, wegen Sonia Gandhi – kamen oft aus portugiesischem Erbe. Wie der seiner Gehilfin Silvia, einer ziemlich schönen Inderin in ausgefreaktem Outfit. Sie schälten Obst für Lassis. Als sie Zipp erkannten, stürmten sie erfreut auf ihn zu und umarmten ihn. Er stellte uns einander vor und berichtete, dass ich im Haus von Henry leben würde. Lawrence wackelte mit dem Kopf. »You have to tell Pepe!« Er deutete nach oben. Zipp zwinkerte mir zu.

Wir zwängten uns eine schmale Stiege hoch zum Zimmertrakt. An Tür Nummer 8 befahl ein Schild: Out! Zipp drückte die Klinke und ließ die Tür aufspringen. Pepe, ein von Rheuma geplagter Frühsechziger, kauerte in seinem schmalen Bett und versuchte erfolglos, den Sender des Kofferradios sauberer einzustellen. Er ließ sich nicht stören, sondern furzte. Zipp trat auf das Bett zu, griff Pepe hinten am ergrauten Schopf und tat, als würde er ihm gleich sein Ding reinschieben. »Na, du schwule Socke, lasste immer noch jeden einsamen Matrosen an deine Rosette?«

Pepe nahm die Brille ab. »Fick dich!«

Zipp drehte sich zu mir um. »Hey, unser Pepe hier ist die Ex von Henry! Seine Witwe sozusagen …«

»Ich bin der Witwer, du Idiot!«

Zipp lachte dröhnend auf. Ich nickte Pepe zu. Er würdigte mich keines Blickes und fuhr seinen Daumen in meine Richtung.

»Wo haste denn das da her?«

»Das wohnt in Assagao, in Henrys Hütte. Aber Finger weg! Dem besorg ich's schon …«

Jetzt sah Pepe auf und fixierte mich. »Na, dann is' sein Arschloch natürlich komplett im Eimer.« Er grinste und schlug in Zipps ausgestreckte Hand ein.

»Wollt ihr Süßen einen quarzen?«

»Was denkst du denn?«

Pepe drehte das Radio ab, stand auf und hielt sich ächzend den Rücken, während er eine Schublade öffnete. Ich sah mich um. Die Bude war unglaublich. Deckenhohe Regale fassten tausende Schmalfilmspulen. Etikettiert mit Daten wie *Bombay 6.4.76, Shiting Cow in Mapusa* oder *Arambol, 1.7.80, Praying Guru at Palolem Beach.*

»Hast du all diese Filme gedreht?«

Pepe leckte am Zigarettenpapier und schüttelte den Pferdeschwanz. »Negativ, ich dreh nur Joints. Die Movies sind von Henry! Müssen zehntausend oder so sein.« Er zeigte mit dem Kinn auf eine Super-8-Kamera, Marke Revue. »Das beste Stück von Quelle. Die hab' ich ihm '73 aus dem Katalog bestellt.«

»Geil!«

Pepe lachte meckernd. »Dafür sind seine Streifen jetzt meine. Einmal im Monat mache ich einen Filmabend. Wenn du Lust hast, kommst du mal vorbei.«

»Klar, Mann, gerne!«

Pepe nickte. »Hau dich hin! Oder warte mal, lass uns zu Andy rüberwackeln, der war heut' im Weißen Haus!«

Er rieb seine Nase. Zipp hechelte. Nase? Klang immer gut.

Im Zimmer nebenan sah es aus wie in der Zelle eines Schizophrenen. Einerseits ein Schlachtfeld voller dreckiger Klamotten und schmutzigem Geschirr. Andererseits, auf einem grob gezimmerten Sekretär säuberlich geordnet, Stifte, Zirkel, Lineale und Bücher. An der Wand pinnte ein Bauplan für ein Acht-Meter-Segelschiff. Ein Holzmodell stand auf einer Lafette. Gut und Böse hier drinnen trennte ein Bambustischchen, auf dem ein Kabum und ein apfelsinengroßes Stück Haschisch lagen. Andy, ein aus der Schweiz stammender, langhaariger Freak mit Schiebedach, so Ende 50, hing rücklings im Stuhl und schnarchte mit offenem Mund. Seine Lippen bebten. Auf der Erde stand eine Weinflasche. Pepe goss ihm einen Schluck in den Rachen. Andy schluckte und schnarchte weiter. Pepe kicherte wie ein Schuljunge. Dann flüsterte er in spitzem Ton: »Psycho! Psycho!« Klang wie 'n Papagei mit Hirntumor. Aber Andy schnarchte weiter. Zipp öffnete seinen Hosenschlitz und tat so, als würde er Andys Mund als Pissbecken benutzen.

Pepe schiffte sich beinahe an. Auf seiner Stirn trommelten Äderchen.

Dann erwachte Andy endlich und glotzte verstrahlt aus der Wäsche. Er sprach mit leicht schweizerdeutschem Akzent.

»Verdammt, ich hab' gerade geträumt, wie ich der Silvia mein Matterhorn einführe.«

Zipp schüttelte den Kopf. »Nur schade, dass sie davon nichts bemerkt hätte.«

Pepe nickte. »Eng, wie sie is'!«

Zipp grinste. »Eng, wie sie is'!«

Andy streckte sich. »Was wollt ihr Arschlöcher?«

Zipp schob ihm den kleinen Finger in die Nase.

»Na, was wohl?«

Besagtes Weißes Haus handelte wirklich nicht mit Nasenmüll, das musste man schon sagen. Wir fegten uns ein paar Gramm ins Oberstübchen, und dann quakten und quakten und quakten wir. Irgendwann begann ich mich für das Segelschiff zu interessieren. Und dann gab es nur noch ein Thema: Schiff bauen, Segel setzen und ab nach Australien! Aber wieso gerade Australien? Gab's da was umsonst? Pepe und Andy sahen sich an. Zipp zwinkerte mir zu.

»Sagen wir mal so«, begann Andy, »Australien ist eine recht notdürftige Veranstaltung.«

Die drei nickten im Chor. Ich saß auf dem Boden, 'ne qualmende Tüte zwischen den Fingern, und versuchte, den tieferen Sinn zu begreifen. Sie sahen mich erwartungsvoll an. Ich gab auf. »Kommt da noch was, oder muss ich den Rest erraten?«

»Ist dein Freund eine vertrauenswürdige Person?«, knurrte Pepe zu Zipp rüber.

»Also, ich trau ihm nicht«, antwortete Zipp. »Den kenn' ich aus der Besserungsanstalt.«

Die drei lachten blöde und klatschten sich ab. Offenbar hatte die Besserungsanstalt 'ne Vorgeschichte.

»Also, ihr baut ein Segelschiff, um damit nach Australien zu segeln, korrekt? Und dann macht ihr da Urlaub, oder was?«

Sie schüttelten unisono die Köpfe.

»Ich wohne hier seit 35 Jahren am Wasser, mein Herr«, erläuterte Pepe, »da brauch' ich dann keinen Urlaub auf einem vom Wasser umschlossenen Land.«

Andy nickte. »Australien ist ein erbarmungswürdiges Fleckchen Erde. Denen hat die letzte Kontinentaldrift nicht gutgetan. Die haben da nichts als Giftspinnen und Beutelratten, sechs exotische Krebskrankheiten und eine Menge anderer sehr unangenehmer Dinge, die man sich da im Handumdrehen einfängt. Urlaub, nein danke!«

Zipp polierte den Spiegel und hackte noch ein paar Lines mit einem schönen alten Rasiermesser.

»Sagt's ihm«, forderte Zipp. »Sonst hört er's sowieso irgendwo. Beim Frisör oder so …«

Pepe flappte ihm hinters Ohr. »Was soll denn das heißen? Außer dir weiß das niemand, oder?«

»Also, von mir weiß es keiner«, behauptete Zipp. »Aber ich meine, ich hab euch den Jungen ja nicht nur zum Spaß hergebracht.«

Da machte es Klick bei den beiden. Andy kriegte leuchtende Augen. »Ach, ist das der? Von dem du immer erzählt hast?«

Zipp nickte beflissen, zog eine Line vom Spiegel und schüttelte sich. »Na klar, du Schlaumeier!«

Ich sah verblüfft zu Zipp rüber. »Was hast du denn von mir erzählt?«

»Na, dass ich einen kenne, der vielleicht was *investieren* will.«

Und damit war das Fass dann geöffnet.

Verstehen Sie?

THE KID

Aber mit dem Investieren hielt ich mich verdammt lange zurück. Denn bei mir lief das immer so, dass ich, solange ich was hatte, nichts unternahm. Damit das auch so blieb. Und ich behaupte nicht, dass das eben klug war. Nee, nee, die ersten Monate, was sag' ich, Jahre verbrachte ich weiter damit, mein Umfeld zu sondieren. Ich lernte in einer Tour Leute kennen. Manche mochte ich, und manche konnten mich am Arsch lecken. Ich gefiel auch nicht jedem. War mir egal, mir reichte es, wenn ab und an Sonias Lächeln wie ein Sternschnuppenregen auf mich fiel. Wenn sie mal am Wochenende zugegen war oder in den Semesterferien. Ich unternahm mit Zipp weiterhin fleißig Biketouren im Umkreis von Maximum tausend Kilometern. Das Weiteste Richtung Landesinneres war Madras, heißt jetzt Chennai, da kam man dann auf der anderen Seite am Chinesischen Meer raus, da kaufte ich mir noch mal 'ne neue Enfield, die da in englischer Lizenz produziert werden; oder in den Süden runter nach Trivandrum, das sich jetzt Thiruvananthapuram nennt, die Hauptstadt des Bundesstaats Kerala, auch schwer geil da. Richtung Westen hingegen kam ich über Bombay nie hinaus. Das war eben so was wie Berlin, wenn man in der Provinz lebte. Da blieben wir immer hängen. War bestimmt fünfzigmal im Zoo und hundertmal im Kino. Bei August und im Deutschen Michl waren wir jedes Mal. Nicht zu verachten, so 'ne Weißwurst mit Brezel und Weizenbier. Außerdem hatte ich in den top Antiquitätenläden da meine Brieftasche regelmäßig geplündert. Mein

Bett stammte von da, genauso wie mein edler Schreibtisch. Manchmal dachte ich, Mensch, den könntest du auch für was anderes verwenden, als darauf nur Lines zu hacken. Gedichte schreiben oder so. Aber dafür fehlte mir die Zeit. Denn neben der Rumgurkerei musste man sich ja auch auf den nicht endenden Drogenparties im Umkreis sehen lassen, oder man veranstaltete bei sich selber 'ne Sause; man hatte 'ne unternehmungslustige Mieze rumliegen, die Aufmerksamkeit einforderte oder 'nen einfältigen Gärtner, der einen zutextete und niemals lockerließ.

Shit, Diskussionen dieser Art führten wir mit 14 auf dem Schulhof!

»Wir waren gebildeter als ihr«, behauptete Columbus.

Ich winkte ab. »Eingebildeter vielleicht.«

Er hob den Finger und behauptete, die DDR sei laut der UNESCO das am besten gebildete Volk der Welt gewesen.

»Und weißt du auch, warum?«, sagte ich. »Weil der UNESCO-Bildungsindikator den Belesenheitsfaktor der Nationen am höchsten bewertete. Und in der DDR las jeder Bürger im Durchschnitt zweieinhalb Tageszeitungen pro Tag. Absoluter Weltrekord!«

»Na, da haben wir es doch!«

»Aber, Genosse«, sagte ich, »Zeitungspapier war bei euch im Osten billiger als Anmachholz, wie du weißt. Nur deswegen orderten die Leute Zeitungen. Sie wurden nicht gelesen, sondern einfach verfeuert!«

Da sagte der Depp glatt, stimmt. »Und es gab noch andere verrückte Sachen. Wenn man zum Beispiel viel verbrauchte, dann wurde es billiger. Wasser zum Beispiel. Deswegen ließen wir, wenn wir in den Urlaub an die Ostsee fuhren, die Wasserhähne laufen, um den Umsatz zu heben. Genauso lief es mit Benzin, speziell Diesel. Man ließ die Motoren einfach über Nacht laufen. Der Mehrverbrauch rechnete sich durch die Verbilligung!«

»Das ist doch total behämmert.«

»Klar ist das unökonomisch, was meinst du, warum der Laden hochgegangen ist?«

»Okay, und wieso wart ihr dann gebildeter?«

»Weil das unsere Art von Protest war. Aber ihr konsumiert, weil ihr nichts anderes könnt.«

Manchmal hätte ich den Kerl an die Wand klatschen können. Ich sagte, grab weiter, Mann, und hör nicht auf, bis du unten durch bist und –

Als die schwere Glocke an der Eingangstür losschepperte. Die Tür stand eigentlich immer offen, und jeder, den man kannte, schneite einfach herein. Also musste es ein Fremder sein. War's auch.

Als Ullrich stellte sich der Vogel vor. Mit, wie er betonte, zwei L. Dazu ein adrettes Kragenshirt und 'ne kurze Buchse, aus der dünne, blasse Beinchen hervorstachen. Er hatte meine Adresse angeblich von irgendeinem Heini abgestaubt, von dem ich nicht genau wusste, wen er meinte. Aber er habe ihn im Café M in der Goltzstraße kennengelernt. Was natürlich gut sein konnte ... dort auf jemanden zu treffen, der mich kannte.

»Okay«, summte ich, »und jetzt machste mal 'nen netten Urlaub hier.«

»In der Art«, nickte er, »aber eigentlich bin ich hier, um meine PPL zu machen.«

Hey, fand ich cool, wunderte mich aber auch, wieso gerade hier. Weil die Unkosten, erfuhr ich, gerade mal ein Drittel ausmachten. 2500 Dollar würde die Flugschule in Madras inklusive Übungsflügen und Benzin verlangen. Ich nickte anerkennend. Und als ich ihn fragte, ob er schon angefangen hatte, zog er sich mit der Handfläche den Scheitel nach und betastete seine Schädelplatte, als habe er da irgendwas eingraviert.

»Nein, das ist es ja gerade. Inzwischen habe ich nämlich nicht mehr genug Geld für den Kurs.«

Er wirkte auf einmal richtig verzweifelt in der Mimik. Und ich war um einen aufbauenden Ton bemüht. »Na komm«, tröstete ich ihn, »ist doch keine Schande, kann jedem jederzeit passieren. Aber wird ja wohl wieder was reinkommen, oder? Hm? Der Flugschein läuft dir ja nicht weg!«

Er tappte ein bisschen unschlüssig rum, und ich wusste nicht recht, ob ich ihn ins Haus bitten sollte. Er war zwar ganz nett auf'ne Art, aber irgendwie auch nicht ganz koscher. *Irgendwas* wollte er von mir!

»Der Punkt ist der«, holte er aus, »dass ich im Moment nichts verdienen kann … und in Zukunft leider auch nicht.«

»Wieso denn, Mann? Du siehst doch recht jung aus und scheinst ziemlich kräftig zu sein.« Was zumindest im letzten Punkt stark übertrieben war.

»Schon … noch. Aber die Ärzte haben bei mir eine sehr schlimme Krankheit festgestellt. Und … da können sie nichts tun.«

Langsam wurde mir klar, dass ich ihn auf gar keinen Fall reinbitten würde.

»Das heißt?«

»Das heißt, dass ich vielleicht noch sechs Monate oder allerhöchstens ein Jahr zu leben habe.«

Ich pustete durch und ließ meiner spontanen Emotion freien Lauf. »Fuck me!«

Er nickte dünn und zog Luft durch die Zähne. »Ja, und deswegen muss ich die Lizenz so schnell wie möglich machen!«

»Verstehe.«

Na, dass der Junge gesundheitlich angeknockt war, tat mir natürlich leid, besonders für ihn; schockte mich aber nicht wirklich. Denn ich hatte es hier öfter mit Maladen zu tun, ich meine, abgesehen von den ganzen Geisteskranken um mich rum. Hier holten sich andauernd welche der Sorte typischer Unvorsichtiger oder chronischer Pechvogel Malaria, Denguefieber oder 'ne kräftige Hepatitis. Und wenn ich beispielsweise mit Haluk unterwegs war, ehemaliger Alki, der nach einem sprirituellen Erlebnis ins Samariterfach gewechselt war, dann klapperten wir in einer Tour Sieche ab. Meist abgestürzte Hippies, die oft schon im Rentenalter und darüber waren, tattrig, vergesslich oder inkontinent, die sich ihr Dope nicht mehr selber beschaffen oder ohne Hilfe in die Apotheke wackeln konnten; genauso bei Baba Snoop oben, der im Wald von Arambol in einem hohlen Banyan Tree seine Praxis aufgeschlagen hatte und bei dem andauernd halb tote und total verzweifelte Seuchenvögel aufschlugen, die 'ne heilende Idee oder 'nen verdrehten Spruch verdammt zu schätzen wussten. Aber die meisten der Leute, die sich hier irgendwelche Malaisen einfingen, sahen zu, pronto nach Hause abzudampfen. Auf die Idee, dann lieber einen Pilotenschein anzugehen, kamen die eher weniger. Bis auf diesen Spezialagenten. Da, auf meiner Porch.

Mann!

Ullrich massierte sich die Gurgel und bat um einen Schluck Wasser. Ich drehte mich um und brüllte ins Haus.

»Juanita! Bring water!«

Sie kam kurz darauf an und servierte auf einem Bambustablett einen Krug kaltes Wasser und zwei Gläser. Wahrscheinlich brannte ihr auf der Zunge, wieso ich den Jungen denn nicht hereinbat. Aber sie war natürlich diplomatisch genug, das nicht offen zu fragen. Das war einer der besonderen Vorzüge, die ich an ihr so zu schätzen gelernt hatte. Sie wusste genau, wann sie die Klappe zu halten hatte oder wann sie Laut geben sollte, ohne dass man ihr groß vors Schienbein treten musste.

Und der Flugaspirant soff den ganzen Krug leer.

»Also, Ullrich«, fragte ich dann höflich, »um was geht's denn hier überhaupt?«

»Der Jörg in Berlin«, nuschelte er, »der hat mir erzählt, dass du auch eine PPL hast.«

Ich winkte ab. »Die hab' ich schon lange nicht mehr! Du weißt ja, dass du jedes Jahr 'ne vorgeschriebene Anzahl von Flugstunden nachweisen musst, und das geht ganz schön in die Kohle!«

»Ja, ich weiß, ist mir aber egal, weil ich«, er druckste rum und senkte die Stimme zu einem Wispern, »eigentlich nur einen einzigen Soloflug brauche.«

»Kapier' ich nicht«, sagte ich.

Ullrich wurde auf einmal ein bisschen blass und sah sich um wie einer, der 'ne Sitzgelegenheit nicht abgelehnt hätte. Ich schloss vorsichtshalber die Tür.

Da entdeckte er die Hängematte. »Kann ich mich da mal kurz reinsetzen? Mir ist ein bisschen komisch.«

»Na sicher«, sagte ich, »hau dich kurz rein!«

Dabei dachte ich mir, der wird mir doch hier wohl jetzt nicht abkratzen. Schließlich war heute Abend Fullmoonparty in Anjouna, da brauchte man auf keinen Fall Reanimationssequenzen zum Warm-up. Dabei musste ich unwillkürlich an Florian Klewe denken, der mich mal heimgesucht hatte. Darsteller aus unserer Soap, wo wir manchmal hinter der Kantine einen pafften. Und stellen Sie sich vor, der Spinner brachte tatsächlich Dope mit. Nach Goa! Das heißt natürlich, Holz in den Wald schleppen! Er meinte aber, das Zeug sei erste Sahne, und er sei es mir schuldig, da ich ihn immer mit mehr Dialogzeilen füttern ließ, als ihm zustanden. Wir testeten also seinen Kinderkram, der ein Scheißdreck gegen das Öl war, das ich von meinem tourettigen Hausdealer Macky hatte. Das testeten wir nämlich auch. Als ich ihn anschließend fragte, was er denn davon halte, sagte er gar nichts mehr, sondern plumpste vom Stuhl. Hundertprozentig weggetreten. Der hatte noch nicht mal mehr einen Puls. Und mein Visum war auch schon wieder abgelaufen. Aber 'n Abgenippelter in der Bude, insbesondere wenn Drogen im Spiel waren, bedeutete Cops. Zum Glück war Juanita noch im Haus, die mir half, ihn auf die Straße rauszuschleppen. Die Köter da bellten sich dumm und dämlich. Als ich Juanita sagte, sie könne jetzt mal langsam 'ne Ambulanz anrufen, kam er wieder zu sich, erhob sich aus dem Staub und sah sich baff um. Ich erklärte ihm, dass er plötzlich aufgebrochen war, ich ihn aber zum Glück noch gefunden hatte.

Komisch, von dem hab' ich auch nie wieder was gehört.

Auf jeden Fall hatte ich immer noch keinen Schimmer, was dieser blasse Knabe hier eigentlich von mir wollte. Aber dass er mich irgendwie zu benutzen gedachte, das lag inzwischen bleischwer auf der Hand.

Er streckte sich in der Matte lang und ächzte erleichtert auf. »Toll! Das ist ja wirklich eine unwahrscheinlich bequeme Hängematte.«

Ich nickte oberflächlich und winkte einem Bauern zu, der öfter mit seinem Ochsenwagen hier langrumpelte und immer zuerst winkte. Dann lehnte ich mich an einen Pfosten, während Ullrich sich sammelte und tief Luft holte. »Also«, legte er los, »der Jörg, der sagte, dass du jemand wärst, der wahrscheinlich gut verstehen könnte, wenn einer das Fliegen lernen will …«

Ich ließ so auf indische Art meinen Kopf wackeln.

»... und er meinte, dass du mich vielleicht unterstützen könntest!« Er atmete stoßartig aus. »So, jetzt ist es raus!«

Dann sah er mich erwartungsvoll an.

Ich hob die Schultern. »Wie denn genau unterstützen?«

»Ja, halt geldmäßig.«

»Geldmäßig? Ähm, wie viel fehlt dir denn?«

»Ich habe nichts mehr. Null!«

Na herrlich! Da kommt so 'n Kerl an, den du gar nicht kennst, und der zwingt dir irgendwie 'ne Entscheidung auf. So was hat man natürlich besonders gern. Früher kannte ich derartiges Benehmen nur von Hamburg-Mannheimer-Vertretern, die an der Tür klopften, aber die Nummer hier ... Jetzt war ich es, der sich am Kopf kratzte. »Also, ich weiß ja nicht, Ullrich, aber wozu brauchst du überhaupt 'ne PPL, wenn du sowieso nur *einen* Flug machen willst?«

Und dann ließ er die Katze aus dem Sack. Aber 'ne richtig fette.

»Ich habe keine Lust, so langsam dahinzusterben wie mein Opa. Das war wirklich grausam!«

Eine Weile guckten wir uns nur an, und ich versuchte zu begreifen. Aber so langsam tickte ich.

»Er hatte die gleiche Krankheit wie ich«, schob er nach, und dann verklärte sich seine Miene. »Weißt du, ich möchte etwas Schönes erleben. Noch Tiere sehen und Natur, ich möchte Landschaften erforschen und ... und Kunstwerke anschauen. Ich möchte noch einmal mit einem Mädchen schlafen und mit Freunden ausgehen. Ich«, er lächelte gequält, »ich möchte noch ein bisschen mein Leben genießen und sehen, wie schön die Welt ist. Und nicht langsam in einem Krankenhaus dahinsiechen.« Dann begann er wild zu husten und presste sich ein Taschentuch vor die Lippen. »Ich möchte zum Abschluss einfach was Besonderes erleben. Etwas, das mir das Gefühl gibt, nicht einfach zu verschwinden, sondern was Besonderes getan zu haben. Etwas Einmaliges!«

Ich spitzte die Lippen.

»Verstehe …«

Yeah, shit! Was sollte man dazu sagen?

»Willste einen rauchen?«

Fehlanzeige. Er rauchte wohl nie, und ein Bier, mit dem ich es dann versuchte, lehnte er auch ab, weil ihm Alkohol angeblich nicht bekam. Tja, da in diesem Falle keinerlei Übersprungsaction zog, musste ich mich wohl zur Sache äußern – und rekapitulierte, dass er eine PPL brauchte, um die große Flatter hinzulegen.

»Richtig!« Er strahlte. »Das ist mein Traum!«

Super Traum! Ich rekapitulierte weiter, dass er dazu zweieinhalbtausend Dollar brauchte. Er nickte ausführlich und behauptete, dass er das Geld hundertprozentig zurückzahlen wollte.

»Natürlich willst du das«, summte ich, »die Frage ist nur, wie!«

Dann erzählte er, dass er eine Lebensversicherung auf seine Mutter abgeschlossen hatte. Und die würde mir dann das Geld schicken. Sehr witzig! Beinahe hätte ich gesagt, sie kann es mir doch auch persönlich vorbeibringen, wenn sie deine Kleinteile in ’nem Bodybag abholt. Aber ich sagte, »Hm, mit Versicherungen kenne ich mich nicht aus, aber ich glaube, so was kommt bei denen nicht gut an. Zahlen die überhaupt, wenn du dich selber abwickelst?«

Da zwinkerte er mir glatt zu und meinte, es würde ja keiner wissen, dass er das absichtlich getan hätte mit dem Absturz. Aber ich heilte ihn sofort von der Hoffnung.

»Das finden die hundertpro raus!«

Er brütete einen Moment vor sich hin. »Schau mal«, beruhigte er mich, »selbst wenn sie nicht bezahlen, würde dir meine Mutter das Geld auch so geben.«

»Ja, ja, ich verstehe schon. Aber wieso haust du deine Mutter dann nicht gleich selber an?«

»Weil sie fragen würde, wozu ich das Geld brauche, weißt du, und dann würde sie mir das bestimmt nicht geben. Hinterher wäre das was anderes.«

Ich stemmte einen Arm in die Hüfte und vermutete, dass meine Mutter mir so eine Aktion wahrscheinlich auch nicht finanzieren würde, aber er bräuchte sie ja noch nicht in alle Details einzuweihen. Seine Antwort verblüffte mich allerdings.

»Dann müsste ich sie belügen, und das will ich nicht!«

Is' ja toll, Junge, dachte ich mir … Macht dir aber nichts aus, wenn deine alte Dame 'nen Rotkreuz-Call aus Madras kriegt, dass Sohnemann aus 3000 Meter Höhe senkrecht im Acker geparkt hat. »Ich finde, du solltest noch mal darüber nachdenken.«

»Ich habe das nicht von heute auf morgen geplant, Michael. Ich weiß genau, was ich tue.«

Ich seufzte tief. Ich mein', war ja schon 'ne arme Sau. Der war, schätze ich mal, höchstens 25. Und dann schon abkratzen müssen. Prost, Mahlzeit. Und dann dachte ich mir, gib' dir einen Ruck, Atze, zweieinhalb Mille sind 'n Fliegenschiss für 'n Riesenarsch wie dich. Besonders, wenn seine Mutter es dir wieder zurückwachsen lässt. Ja, komm schon, Mann, lass den Vogel nicht hängen – hilf ihm einfach! Sagte das Andere in mir, das nicht mein Hirn war.

»Okay«, beschied ich, »ich geb' dir 130!«

Er versuchte sich, wild hin- und herschaukelnd, in der Matte aufzurichten. »130? Was kann ich denn mit 130 anfangen?!«

»Nach Old Goa fahren natürlich! Ich kenne da einen geschäftstüchtigen Halbjapsen, der organisiert Fallschirmsprünge.«

»Fallschirmsprünge?«

»Genau! Inklusive kurzer Schulung kostet da, soweit ich weiß, ein Jump 130 Mäuse. Und ich schätze, du brauchst ja höchstens einen.«

Da ging ihm ein Licht auf. Zum Glück kam er nicht aus der Hängematte raus, sonst wäre er mir um den Hals gefallen.

»Wahnsinn! Wieso bin ich nicht von selber auf die Idee gekommen?«

»Na ja«, räsonierte ich, »wenn du der Geldgeber wärst, wärst du vielleicht draufgekommen.«

Er stutzte. »Glaubst du, dass ich dich betrügen will?«

»Hm, vielleicht erfindest du die Geschichte nur, um dir Geld zu schnorren. Mir wäre es ehrlich gesagt lieber, du erfindest sie nur. Aber das ist dein Bier.«

Er starrte mich an. »Aber das Geld gibst du mir?«

»Unter einer Bedingung …«

»Unter welcher?«

»Ich pack's dir nicht auf die Kralle!«

»Wie dann?«

»Ich komme mit und bezahle persönlich! Damit du das Geld nicht für Drogen oder Schlimmeres verplemperst!«

»Okay!«

»Melde dich einfach, wenn du so weit bist.«

Er nickte. Und dann lächelte er. »Du bist ein wirklich klasse Typ, Michael, ich bin froh, dass ich hergekommen bin.«

»Ja«, sagte ich. »Ich bin auch froh, dass du hergekommen bist.«

Er war offenbar nicht völlig ironieresistent und musste tatsächlich lachen. Und da fand ich ihn dann auch richtig sympathisch.

Irgendwie.

Ich schredderte also, nachdem Ullrich sich schließlich zum Finale gemeldet hatte, nach Arambol und weckte Pepe, der gerade seinen Vormittagsrausch ausschlief. Ich sagte, dass ich Henrys Kamera bräuchte, weil ich ein cooles Motiv in petto hätte. Im Geiste sah ich schon die Beschriftung der Filmrolle vor mir: *Old Goa, Feb. 98: Freak does not open his parachute*. Pepe alarmierte sofort Andy, der Stift und Zirkel wie ein gebrauchtes Kondom fallen ließ, sich noch fix aufnäselte und sofort zur Schandtat bereit war. 'ne Kleinigkeit fiel den Jungs noch ein. »Unsere Karre ist im Eimer«, knurrte Pepe.

Unser Parachute-Freak besaß natürlich ebenfalls kein Fortbewegungsmittel. Wir holten ihn in Chapora Beach ab und juckelten zu sechst in Gopis Maruti nach Old Goa. Zipp wollte sich die Vorstellung selbstverständlich auch nicht entgehen lassen. Andy, der, schätze ich mal, an seinen eigenen Jungen erinnert war, versuchte allerdings, Ullrich umzustimmen. Konnte ich nachvollziehen. Seine Kids waren schon längst erwachsen. Aber er hatte sie nicht sprießen gesehen, weil sich seine bessere Hälfte schon vor 25 Jahren getrennt hatte. Das musste ihm damals reichlich zugesetzt haben. Jedenfalls war das der Grund, weshalb er seiner Firma, einer Schreinerei, und seinem Land den Rücken gekehrt hatte. Yo, und irgendwann hatte er sich dann auf alle Zeiten im Pury-Purang eingenistet – bis mich mal eine Überdosis wegräumt, wie er sagte. Aber Kid Ullrich, der schien ihm zu jung fürs Sterben. Pepe meinte zu Andy, er solle das Maul halten, das sei schließlich ein freies Land hier. Zipp lachte. Ich fummelte an der Kamera rum und filmte Gopis schwitzenden Nacken. Irgendjemand hatte ein Rohr gebastelt, und im Bus waberten Rauchwolken. Ullrich rauchte immer noch nicht, er nahm überhaupt keine Drogen. Das sei vielleicht das Grundübel, überlegte Zipp.

Wir hoppelten über den perforierten Asphalt Richtung Panjim und überholten einen Lkw nach dem anderen. Der Dieselgestank von draußen legte sich mit dem Dunst von innen an. Andy ließ nicht locker und hatte Missionsstufe 2 erreicht. Sieh mal, Junge, sagte er, leb noch ein bisschen und mach Party. Wenn wir unser Boot fertig haben, nehmen wir dich mit nach Australien. Dann machst du zum Abschluss noch mal einen anständigen Segeltörn, wie findest du das?

Ullrich schüttelte den Kopf. Aber klingt natürlich trotzdem toll. Wann fahrt ihr denn los?

»Wenn wir unser Boot fertig haben«, sagte Andy, »wir bauen es selber!«

»Wann ist es denn fertig?«

»Sobald wir die Kohle zusammenhaben, um die Takelage und die nautischen Instrumente zu kaufen«, erklärte Andy. »Das Zeug ist teurer als ein Neuwagen!«

»Mit mir geht's zu schnell bergab«, jammerte Ullrich, »ich hab wahrscheinlich nicht mehr so lange.«

Andy sah zu mir rüber. »Hey, Sir Mitchell, wieso steigst du nicht endlich mit ein?«

»Ich segle nicht«, antwortete ich.

Andy pustete Rauchwolken aus und hustete.

»Ich meine, nur als Investor! Dann hätten wir den Dampfer in zwei Monaten am Start. Und wenn wir zurückkommen, kriegst du deinen Einsatz vierfach raus.«

»Ich brauche kein Geld«, sagte ich. Und log, dass sich die Balken bogen.

»Scheiße«, nölte Andy. Der Junge nickte betroffen.

Ich sagte: »Sorry!«

Wie, vermute ich mal, suizidgefährdete Menschen überhaupt, hatte Ullrich einen finalen Blick fürs Detail, aber auch ein ernsthaftes Gefühl fürs Große und Ganze. Mir war das gar nicht mehr so bewusst, dass Old, also Velha Goa einen echt umhauen konnte. Das war früher mal die Hauptstadt von Portugiesisch-Indien, bis die Pest und sonst was ausbrachen und die Leute da abzischten und sich im benachbarten Panjim niederließen. Inzwischen war daraus, abgesehen von gehegten und gepflegten Kirchen und Tempeln, quasi eine Ruinenstadt geworden, die der Dschungel schon teilweise in sein Eigentum überführt hatte.

»Wow«, staunte Ullrich, »das ist das Schönste, was ich je gesehen habe. Genau so was möchte ich zum Schluss vor Augen haben!«

»Yippiehee! Du schlägst voll im Paradies auf«, rieb Pepe sich die Knöchel. »Scheiß noch mal, da kriegt man ja direkt Lust mitzumachen!«

Als wir ankamen und ausstiegen, verabschiedete ich mich von Gopi. Aber zu meiner Überraschung wollte er eine Pause einlegen und bleiben. Ihm waren die Details unseres Ausfluges allerdings nicht bekannt.

»Sag's ihm bloß nicht«, raunte Zipp, »für so was fehlt denen der spezielle Humor.«

Ich sagte, »We watching Ullrich parachuting, Gopi. Don't wait for us.«

»No, I would like to watch! I have never seen that.«

Ich sah Zipp hilflos an. Er legte seinen Arm um Gopis Schultern. »No, my brother, no, you go home. This is not good for you!«

Gopi löste sich von ihm und lachte entrüstet auf. »Why? Why is this not good for me?« Er fixierte Zipp auffordernd.

»Because, because … it's bad for your soul!« Er tätschelte Gopi die Brust. Gopi hielt seine Hand fest.

»What do you know about my soul?«

Zipp wand sich. »I know it's a good soul!«

Ich mischte mich ein und fragte Zipp, ob wir ihn nicht doch einfach einweihen sollten. Er meinte aber, wenn der das wüsste, dann wüsste es bald sein Bruder und so weiter. Und wenn die das in den falschen Hals kriegten, dann wäre das nicht gut für uns. Besonders nicht für mich. »It's not good for you!«

Wir mussten kurz auflachen. Gopi wurde immer neugieriger.

»You don't trust me? Okay! Are we friends or not?«

Zipp und ich sahen uns an und schüttelten bedauernd die Köpfe. Gopi zischte durch die Zähne. »Very nice!«

Zipp geriet ins Grübeln. »Sach mal, Atze, bist du dir eigentlich sicher, dass *du* dir das reintun willst, hä? It's bad for your soul!«

Ich sagte, »That's not possible!«, und schwenkte die Kamera. »Ich dreh 'n Snuff-Movie, Hotte!«

Ullrich und Andy standen etwas abseits und palaverten. Pepe hockte noch im Wagen und rollte ein paar Tüten auf Vorrat. Da hörten wir ein Motorengeräusch am Himmel. Ich hielt die 8-mm-Revue drauf. Bald tauchte die Maschine auf, und kurz darauf sprangen hintereinander sechs Leute raus. So etwa nach 30, 40 Sekunden öffneten sich die Fallschirme, und sie schwebten langsam gen Erdboden. Das hatte schon was. Aber so ganz sicher war ich mir nun auch nicht mehr, ob ich bei Ullrichs Show wirklich zugucken wollte. Los, forderte Zipp mich auf, gib dem Kandidaten seine Silberlinge und lass uns abhauen, 'n paar Chicks anbraten, is' doch viel lustiger.

Er hatte recht, schätze ich. Und als ich schon in meinen Geldbeutel griff, den ich an einer Schlaufe um den Gürtel unter der Khaki trug, kam ein Jeep vorbeigerauscht und legte 'ne Vollbremsung hin. Ossis Stimme war unverkennbar.

»Hey, hey hey! Here comes the sun!«

Ossi hüpfte aus der Karre, rannte auf mich zu und drückte mich. Suzi, seine Freundin, hockte am Steuer und warf mir Handküsschen zu. War echt nett, die beiden wiederzusehen. Immerhin gehörten sie zu den ersten Leuten, die ich überhaupt in Indien kennengelernt hatte. Ossi kriegte sich gar nicht ein. Er war so die Bärenmarke, immer gut drauf und immer am Rumhopsen. Eigentlich wäre es auch uncool, dachte ich, dem lustigen Vogel so 'n faules Ei ins Nest zu legen. Ich sah zu Ullrich rüber. Verdammt noch mal, da hatte ich mich wieder in was reingeritten!

Ossi winkte uns alle zu sich, breitete die Arme aus, zeigte auf den azurblauen Himmel und verkündete, dass er Geburtstag habe und sich wünsche, uns einen Jump spendieren zu dürfen. Free! Just for the great pleasure of life! Er sprang im Kreis rum und klatschte in die Hände. Wir standen da, glotzten dämlich und dachten jeder für sich daran, wie es wohl war, aus einem fliegenden Flugzeug auszusteigen. Und die süße Suzi lachte und knipste ein Foto von uns allen.

Den Nachmittag verbrachten wir dann in Ossis Space-Camp. Nach drei Stunden hatten alle begriffen, wie der Hase lief. Keiner von uns war je zuvor gesprungen, und keiner wollte den Schwanz einziehen. Muffen hatten wir alle. Ossi dozierte, dass nur Idioten keinen Schiss kannten, weil jeder, der normal im Hirn sei und keine Flügel am Rücken habe, auf keinen Fall aus 1000 Fuß Höhe aus allen Wolken fallen wolle. Es sei denn, man habe einen Fallschirm. Die Dinger seien so konstruiert, dass wirklich nichts passieren könne. 'ne Automatik sorge dafür, dass der Schirm sich auch dann öffnet, wenn man in Ohnmacht gefallen oder vergesslich war. Da wurde mir klar, dass nur jemand, der sich damit auskannte, das tun konnte, wozu ich Ullrich anstiften wollte. Und irgendwie machte mich das ganz schön froh. Aber es waren ohnehin nur Tandemsprünge möglich. Was ich nicht wusste. Da hätte man außerdem den Instructor mit ins Verderben reißen müssen. Und das wollte der Kid bestimmt nicht.

Am frühen Abend dann fuhren wir gemeinsam die etwa zehn Kilometer zum Panjimer Airport, wo uns eine uralte, herrlich klapprige Antonow AN-2, ein historischer Eineinhalbflügler, samt zotteligem Buschpiloten empfing. Wir waren fast alle bereit, den Absprung mit unseren Instructors zu wagen; ich zusammen mit Suzi, Zipp mit Ossi und Gopi und Pepe mit zwei anderen Camp-Freaks. Nur Ullrich zierte sich. Er war wohl zu verwirrt ob der Wendung der Ereignisse. Aber wahrscheinlich war er nur eine Memme. Ein Schrecken mit Happy End war halt was anderes als ein Schrecken ohne. Andy, der plötzlich Migräne vorgab, hielt ihm solange die Hand. Als wir abhoben, sah ich sie unten stehen und winken und immer kleiner und kleiner werden, bis sie zum Schluss zu einem gemeinsamen Punkt zusammenschmolzen.

Sozusagen.

Yo! Als geile Show zu titulieren, was wir da hinter uns gebracht hatten, wäre untertrieben. Während wir zurückkutschierten, schmauchte die Karre vom Adrenalin, das jetzt im Schweiß gebunden an unseren Klamotten klebte. Wir fühlten uns wie Hektor, der die Buletten bezwungen hatte.

Zipp drehte *Satisfaction* von den Stones volle Kanne auf, und dann gingen wir ab in der Kiste wie 'ne Horde angesoffener Oberschüler auf Klassenfahrt.

Zuerst luden wir Ullrich bei Malik ab, der die bei Gott verlausteste Absteige in ganz Chapora City betrieb. *Cheap*, war an die Eingangstür gekrakelt. Als Gopi anhielt und die Mucke runterdimmte, stand plötzlich Ullrich wieder im Mittelpunkt. Du hättest springen sollen, Kid, raunte Pepe. Vielleicht hättest du ja Glück gehabt …

Doch Kid schüttelte nur den Kopf und meinte etwas wie, er habe sein Glück schon aufgebraucht.

Und wie er dann ausstieg und unsere Blicke ihm folgten, war es, als gehe auch ein Stück guter Laune von uns. Nicht, dass es Ullrichs Fröhlichkeit war, die man missen konnte, eher etwas wie eine sentimentale Regung, die uns aus heiterem Himmel anfiel wie 'n schwuler Bengaltiger, falls einem das nicht peinlich sein musste. Als Zipp die Lautstärke wieder aufdrehte und ausgerechnet Claptons *Tears in Heaven* abschmalzte, wurde es ein bisschen nachdenklich im Maruti. Schließlich hatte jeder auch sein eigenes Päckchen zu tragen, dessen Gewicht man auf einmal wahrnahm. Und während wir in Siolim auf die Fähre warteten, hatte Andy dann die Faxen dicke. Er hieb Gopi auf die Schulter.

»Turn back!«

Hero-Action war angesagt! Wir befreiten Ullrich aus seiner verwanzten Krippe und nahmen ihn mit zum Pury. Da klatschten wir uns mit Gopi ab, der nach Chapora zurückdrosch. Yep. Da standen wir nun vor dem Schuppen, der nachts Pry-Prang hieß, und verharrten ein Weilchen … bis Ullrich sich an der Umgebung sattgesehen hatte. Der Mond schien helle, und das Rauschen des Meeres tönte gleichmäßig durch den Äther wie 'ne abgelaufene Single am Plattenteller.

Im Hintergrund erhoben sich die bewaldeten Berge, da, wo auch Baba Snoop hauste; gen Norden klapperte ein ehemaliges Reklameschild im Wind, das nur noch einen Rahmen besaß, durch den sich die gischtgefurchte Flucht entlang des Küstensaums vom Grauschwarz drumrum abhob. Scherenschnitt im absurden Theater.

»Hier wohnen wir«, eröffnete Andy dem Kid.

»Es ist wahnsinnig schön hier«, entgegnete der und sog die salzige Luft tief in die Lungenflügel.

»Yeah«, sagte Andy.

»Welcome to Mister Lawrences Wichsfigurenkabinett«, ergänzte Zipp.

Andy stellte Lawrence den Kid als seinen neuen Knappen vor und befahl, dass man ihm ein Bett herrichtete. Lawrence zeigte ihm den Finger.

»Your friend has to rent a room like everybody!«

Die Jungs sahen sich an, und dann sahen sie mich an. Und sahen mich immer weiter an. Sie wollten gar nicht mit dem Quatsch aufhören. Ich fühlte mich drangsaliert.

»Was?!«

Sie sagten nichts und sahen mich nur weiter an, bis ich aufgab, durchschnaufte und Lawrence nach dem Preis fragte. Ich dachte mir, ob ich dem Kid nun seinen Abflug spendiere oder ihm noch ein bisschen Abhängen mit den Jungs gönne … scheiß drauf.

»How long will you stay?«, wollte Lawrence vom Kid wissen.

Ich ging dazwischen. »We will see, Lawrence«, zückte ich meine Geldbörse, »we will see.« Ich gönnte dem Kid erst mal zwei Wochen.

Lawrence krähte nach Silvia, und Ullrich, der von nun an offiziell den Namen Kid trug, bekam das kleine

Knappenzimmer oben im hintersten Eck. Die Butze sei so winzig, spottete Pepe, dass man zwar drin liegen könne, es aber für einen Ständer nicht mehr reiche. Andy griff sich an den Hosenstall und sagte, Na, in dem Fall schlüpft er eben zu dir rüber. Genau, meinte Zipp zu Kid und deutete auf Pepe. Fick ihn mal anständig durch, der braucht das. Wir gackerten los und machten es uns noch bei Andy bequem, so bei diesen und jenen pulver- und harzförmigen Genüssen, während der Kid sich längst in seine neue Behausung zurückgezogen hatte. Wir guckten uns an.

»Yeah«, seufzte Andy.

Wir nickten.

»Yeah.«

Die Wahrheit war, dass ich noch so eine saugende Zecke an meinem Geldbeutel brauchte wie 'n Kropf. Aber was willst du tun, wenn dein guter Ruf auf dem Spiel steht? Wenn du nicht als verarmt galtest, musstest du eben schon ein wenig Gutes leisten. Das war ein Gesetz hier. Und dabei gab es ja noch eine Menge anderer Unkosten. Eine Unmenge. Besonders die Weiber gingen ins Geld. Nicht, dass ich die direkt bezahlt hätte, das war nicht mein Ding. Mit Hookern hatte ich nichts zu tun. Zipp meinte mal, dass nur eine Sache teurer sei als eine Frau, und das sei 'ne Ex-Frau. Aber damit hatte ich auch nichts zu tun, weil ich im Gegensatz zu ihm nie verheiratet war. Es ging einfach um die laufenden Kosten. Und manche Ladies waren verdammt unverschämt. Man konnte das richtig klassifizieren. Ich war zweimal mit einer Australierin zugange, und jede wollte, dass man ihre Verhütungspillen bezahlte. Genauso konnte man, wenn man eine Lady aus Argentinien oder Brasilien ausführte, davon ausgehen, dass die die gleichen Drogen wollte, die man selber nahm, und dazu noch Geschenke erwartete. Bin wirklich kaum mal an eine geraten, die etwa gesagt hätte, Mensch, nimm doch nicht so viele Drogen. Nee. Nur an eine kann ich mich erinnern, die fragte allen Ernstes, ob ich ohne Pulver überhaupt noch einen hochkriegen würde. Das war natürlich eine Frage, die ich ihr nicht beantworten konnte. Und was ich auch gar nicht ausprobieren wollte. Die hielt mich offenbar für einen ziemlich einseitigen Typen, der nur eine Sache im Auge behielt. Mir ging es aber ums Große und Ganze. Eben um die Kombi. Und nicht nur um Sex. Überhaupt nicht. Im Gegenteil. Manchmal wurde ich richtig schwermütig, weil ich mich auch mal wieder richtig verlieben wollte. Ich meine, ich war ja verliebt, aber ich fand einfach keinen Weg, der mich dahin geführt hätte. Zu Sonia. Darben war angesagt. Ich musste mir einen seelischen Ausgleich anschaffen. Schließlich war ich ein ganz normaler Mensch.

BLITZKRIEG

Hund hatte ich dann also auch. Überlegte lange hin und her, ob ich ihn Shanti oder Bonsai taufen sollte, entschied mich dann aber für Blitzkrieg. Blitzkrieg war der geborene Leader. Einer dieser halb verwilderten Straßenköter, die überall die Gegend unsicher machten. Patrouillierten in Mannschaftsstärke von bis zu 20 Exemplaren herum. Besonders nachts musste man aufpassen, dass sie nicht zu frech wurden. Hatten sie einmal Blut geleckt, konnten sie einem ganz schön zusetzen. Und gerade wenn man Schiss kriegte, schlugen ihre Antennen an. Das Dümmste, was man dann tun konnte, war weglaufen. Der Profi dagegen bückte sich einfach, was für die Köter aussah, als würde man einen Stein aufheben, und schon stoben sie jaulend davon. Da konnte man sehen, wie Gewalt in der Kindheit das ganze Leben lang nachwirkt. Aber der da draußen, der große braun-gelb Gescheckte, der hatte das Spiel durchschaut.

Ich war von einem bunten Tanzabend gekommen und hatte eine Mieze am Start, der ich mich nüchtern nicht auf hundert Yards genähert hätte. Der Morgen graute, und mir auch. Mein Stadium aber ließ immerhin noch Restreue zu. Ich war eindeutig undersexed und overfucked. Herrgott noch mal, so soll doch kein Mensch leben! Ich musste wieder zu mir selber finden. Das Wesen des Mannes besteht schließlich in Krisenmanagement. In ständigem Mangel begriffen, wie das grundkapitalistische System, die Nachfrage musste immer das Angebot übersteigen. Ich dachte dabei sinngemäß an Sonia, meinen strahlendsten Sonnenschein. Würde nicht ruhen und rasten, um sie doch noch zu verführen und zum Christentum zu bekehren. Aber im Moment hatte ich nun mal diese mindestens 24-jährige Glamour-Perle dabei. Ich meine, nicht, dass sie hässlich war, nee, ganz und gar nicht, aber halt so die Prolo-Kaste, Marke Büromieze Neckermannurlaub: manikürte Fingernägel, Handtäschchen und hochhackige Schuhe. Und das beim Rave auf Sand! Geht's noch?!

Jedenfalls, weil ich mein Bike nicht finden konnte – ich hatte nachts mehrmals die Location gewechselt –, schlurften wir zu Fuß nach Hause. Sieben oder acht Kilometer, auf Pille kein Thema. Aber dann kamen sie. Die hungrige Meute. Sie bauten sich mitten auf der Straße auf und sahen uns aus ihren verschlagenen Gesichtern an. Ihre Augen funkelten. Die Schnalle quiekte. So was kannte sie aus Wuppertal oder wo sie herkam, nicht. Nicht so viele Köter auf einen Schlag. Sie sagte, »Lass uns schnell weitergehen!«

Ich schüttelte den Kopf. »Diese Tiere verstehen eine andere Sprache, die Sprache der Gewalt. Bück dich!«

»Was, hier?«

»Ja, wo denn sonst?!«

Sie zupfte sich geziert eine Fussel vom Shirt. »Ich dachte, wir gehen zu dir?!«

»Gehen wir auch. Aber wir müssen erst die Bestien hier verscheuchen, also *bück dich*!«

Sie wusste nicht, warum, aber sie tat es. Wir bückten uns, und im nächsten Moment zischten die Viecher ab. Nur der eine, der blieb stehen. Der gescheckte Bastard, der offenbar Tod und Teufel nicht scheute. Der fletschte die Zähne. Ein imponierender Bursche. Ich hatte noch den Tipp von Gopi im Ohr: »If you need a dog, take a wild one, choose the biggest one, who is strong enough to protect you from his bunch. Feed him, and he will be your loyal friend for a long time.«

Das erinnerte mich an den Schlägerpenner in Bombay, der mir anbot, gegen Kohle seine schnorrenden Kollegen zu vertreiben. Überall das gleiche Scheißspiel.

Ich hatte noch einen angeknabberten Keks in der Tasche und lockte den Burschen damit an.

»Was hast du da?«

»'n Haschbrownie.«

Freundlichen Menschen bringen diese Hunde ein gewisses Misstrauen entgegen, es widerspricht nun mal ihren Erfahrungen. Die Lady verschanzte sich hinter mir, als der Gescheckte sich vorsichtig, aber leise knurrend näherte. Ich ließ ihn so nahe herankommen, bis er mir den Keks vorsichtig aus den Fingern nehmen konnte. Dann ließ er sich sogar streicheln, und nach ein paar netten Worten kam er schließlich schwanzwedelnd mit.

»Siehst du«, sagte ich, »das ist jetzt meiner.«

»Hunde sind so einfach gestrickt!«, erwiderte sie.

»Der is' so wie du«, entgegnete ich.

»Mich musstest du nicht anfüttern«, sagte sie.

Den muss ich dafür nicht vögeln, dachte ich. Das sagte ich aber nicht, sondern vögelte sie einfach so. Aber ich musste die ganze Zeit an den Hund denken, den ich natürlich nicht ins Haus ließ. Ich würde mit ihm zum Tierarzt gehen und ihn entwurmen lassen. Entlausen auch. Und dann dachte ich über seinen Namen nach. Sie stöhnte. Ich tickte. Ich wollte keinen dieser typischen Hundenamen für ihn. Sie stöhnte lauter. Halsband mit Namen für ihn wollte ich auch haben. Sie hyperventilierte. Als ich mich von ihr runterrollte, miaute sie enthusiastisch.

»Das war echt gut. Wow, das war sooo gut, ich zittre richtig!« Und sie kringelte sich zufrieden in die Einschlafposition. Ich aber musste weiter an den Hund denken und ließ mir eine Menge Namen durch den Kopf gehen. Doch dazu brauchte ich Ruhe.

»Hör mal«, sagte ich, »wie heißt du noch mal?« Sie sagte einen Namen, an den ich mich nicht mehr erinnern kann. Draußen war es längst hell.

»Okay, ich werd' jetzt mal rausgehen und mich um meinen Hund kümmern.«

»Wenn du meinst«, sagte sie. »Aber dann kuscheln wir noch ein bisschen, ja? Du kannst mit mir machen, was du willst!«

»Mir wäre es lieber«, sagte ich, »wenn du jetzt gehen würdest. Meine Frau kommt bald nach Hause. Ich hab' sogar ein Telefon, ich ruf dir 'ne Taxe.«

Sie glotzte.

Ich rief Gopi an und hatte 'nen Spirit im Blut wie 'n Nigga, wenn endlich die Stütze eintrudelt.

»Yo, maan! Hey, brother, imagine that: I got a dog!«

»Really? Hey, Mitchell, good! How will you call him?«

»I'm still thinking. What about Blitzkrieg?«

»Blitzkrieg? Is that German? Sounds nice!«

»Yeah! Come here, I'll show you the bastard! Yo, and on the way back I got a very female passenger for you!«

»I'm on my way, Mitchell! I'm on my way ...«

Ich legte auf und guckte rüber zu ... ich hatte schon damals immer vergessen, wie sie hieß, und sagte etwas wie, hey, Honey, wir könnten ja so lange, bis dein Lift eintrudelt, noch 'n extrem schmutzigen Quickie einlegen. Da offenbarte die Lady von der Wupper oder wo sie herkam, dass sie ordentlich Charakter hatte. Sie hob das Kinn und flötete: »Ach, wolltest du dich nicht um deinen Hund kümmern, und wollte deine Frau nicht bald nach Hause kommen?«

»Ja, klar, Mann«, sagte ich, »aber die lassen wir doch auch mitmachen, hm?!«

Man hätte ja auch eine geknallt kriegen können, aber die Biene, die richtete nur ihr Haar und sagte trocken, meinetwegen. Dann stutzte sie – oder meintest du … den Hund auch?

»Na, sicher den Hund auch! Der leckt dich anständig durch, während ich mich von hinten anschleiche und ihn mir vorknöpfe!«

Sie kicherte. »Was macht deine Frau solange?«

»Die trägt 'ne Gasmaske und sitzt auf deinem Gesicht.«

Gefällt mir, behauptete sie, aber was ist mit deinem Kumpel? Ist der Taxifahrer nicht dein Kumpel? Mein Kumpel, entschied ich, hält mit 'ner Kamera drauf, und das Ganze verkaufen wir dann an total versaute japanische Touristen.

Sie hob den Daumen. »Top!«

Musste sagen, die Kleine hatte Humor. Fiel mir nur zu spät auf. Dann knutschten wir noch ein bisschen.

Sie löste sich plötzlich, sah mich an und sagte, schade, dass du mich nicht magst, ich mag dich nämlich. Ich wusste nicht, was ich dazu sagen sollte, denn irgendwie steckte hinter ihrem Outfit offenbar mehr, als ich ihr zugetraut hatte. Leider kam ich nicht mehr dazu, die ganze Wahrheit rauszukriegen, denn Blitzkrieg bewies seine Fronttauglichkeit. Wir hörten ihn von draußen bösartig knurren und kläffen und Gopi um Hilfe schreien.

»Ich glaube, mein Lift ist da«, sagte die Kleine und kletterte in ihre Pumps. Dann legte sie die Arme um meinen Hals und rubbelte ihre Nase an meiner.

»Wenn wir heute nicht Blitzkrieg aufgegabelt hätten, wäre ein bisschen mehr Zeit für uns geblieben, stimmt's?«

Jetzt fiel mir auf, wie sanft und melodisch ihre Stimme klang. Und was für 'ne lebhafte Melancholie in ihren sandfarbenen Augen lag. In dem Moment tat es mir leid, dass ich sie so machohaft hatte auflaufen lassen. Hatte sie nicht verdient. Und wenn ich mir ihre mit Sommersprossen betupfte Nase so betrachtete und das kugelrunde Köpfchen auf seinem schmalen Hals; die quirligen braunen Locken, die ihre schmalen Schultern wärmten; die kleinen, kegelförmigen Brüste, deren Ventile sich gegen den Stoff stemmten; diesen ganzen schönen Menschen, dann konnte ich nur froh sein, dass sie wenigstens nicht meiner Kaste entsprach, um mich später nicht über mein Benehmen ärgern zu müssen.

Das Gezeter draußen wollte indes kein Ende nehmen. Blitzkrieg drehte anscheinend völlig durch, und Gopi brüllte wie am Spieß.

»Wir werden uns wohl nicht mehr sehen«, sagte sie, »ich flieg' heut' Abend.«

»Schade«, gab ich zu.

Sie zuckte mit der Schulter und erwähnte, dass sie noch für eine Zwischenprüfung pauken musste, bevor ihr Semester wieder losging. Das machte mich irgendwie perplex.

»Oh, du studierst? Was studierst du?«

»Psychologie, sechstes Semester. Aber vielleicht steige ich auf Medizin um.«

Wir gingen Hand in Hand zur Tür.

Draußen ballerte schon die Sonne. Gopi hüpfte hysterisch auf dem Autodach rum, und Blitzkrieg versuchte zähnefletschend, sich ihn zu schnappen.

Gopi entdeckte mich. »Help me, Mitchell! Help me!«

Und es war doch echt so, wie er es gesagt hatte bezüglich der Hundedressur. Ich pfiff kurz durch die Zähne, und Blitzkrieg ließ sofort von ihm ab. Er trottete her, und ich kraulte seinen Kopf. Er ließ es sich sogar gefallen, dass die junge, unerforschte Lady, die ich immer noch an der Hand führte, ihn streichelte.

Gopi krabbelte schweißgebadet vom Auto runter und hielt sich schwer japsend die Pumpe. Dabei stammelte er irgendwas von wegen Death und Danger. Ich musste lachen. »That's Blitzkrieg, Gopi.«

Er sah das Mädel an. Ich zeigte auf den Hund.

Gopi versuchte zu lächeln. »Yes, right ... Blitzkrieg. Nice name!«

»Yeah ... works!«

Und die smarte Frau drückte meine Hand fester und presste ihre Hüfte an meine. Ich strich ihr eine Locke aus dem Gesicht.

»Was soll ich Gopi sagen, wie du heißt?«

»Such dir einen Namen aus«, lächelte sie, »darin bist du anscheinend gut.«

Wir sahen beide intuitiv auf Blitzkrieg runter, der hechelnd zu uns aufsah. »Du kannst ja manchmal«, summte sie mit einem Hauch Sehnsucht, »wenn du ihn streichelst, an mich denken.«

»Nee, besser nicht«, erwiderte ich, »sonst nehme ich ihn wirklich noch mit aufs Zimmer und fick' ihm sein bisschen Verstand raus.« Sie lachte hell auf, und ihre Grübchen warfen winzige Schatten in der Sonne.

»Ich hab' keine Frau«, sagte ich.

»Ich weiß.«

Dann schlenderten wir zum Wagen. Zum Abschied gönnte ich mir noch einen Griff an ihren straffen, schmalen Hintern. Sie stieg ein und lehnte sich aus dem Fenster. Gopi wartete, bis wir uns genügend angeschaut hatten. Ein Abschied mehr. Und diesmal tat er weh.

»Du wirst mir ein ewiges Sudoku bleiben, Schätzchen«, sagte ich zum Schluss.

»Was ist ein Sudoku?«, fragte sie.

»Das ist ein Rätsel«, sagte ich.

»Was für ein Rätsel?«

»Ein japanisches, Baby … ein japanisches.«

Und wie ich so in der Sonne stand und Blitzkrieg seine feuchte Schnute in meine Handfläche drückte; wie sich Gopis Maruti langsam in Staub auflöste und mein Rätsel sich verflüchtigte, fragte ich mich, ob ich mir nicht selber das größte blieb. Ich kehrte nachdenklich ins Haus zurück und briet mir ein Ei. Offenbar war Wochenende, denn weder Juanita noch Columbus ließen sich sehen. Zipp war zu einem Pflichttermin des Arbeitsamtes nach Berlin gedüst, Macky hing beim Meditationskursus in Poona ab, und Haluk war seit ein paar Tagen abgetaucht. Und auf die Spezialagenten hatte ich keinen Bock. Auf Sonia schon. Aber die blieb sowieso unberührbar. Da sah ich immer noch kein Licht am Horizont. Keinen einzigen Scheißfunken.

Mir fiel die Einladung zu einer Hippiehochzeit in Baga Beach in die Hände. Das Datum war wahrscheinlich das heutige, konnte mich aber nicht aufraffen. Also rauchte ich einen Kabum, schloss mich in der Werkstatt ein und widmete mich meinen Lego-Towern. Die Kiste mit den 2000 schneeweißen Zweiern von Tobytoy hatte ich noch gar nicht ausgepackt. Den Laden hatte ich in einer Seitenstraße vom Horniman Circle Garden in Bombay entdeckt, nachdem ich im Deutschen Michl, einer original bayrischen Frühstücksspelunke, ein Leberkäsbrezel verdrückt und ein Weizenbier geleert hatte, leicht berauscht in der Sonne stand und überlegte, ob ich in den Zoo oder ins Kino dackeln sollte.

Toby vertrieb nicht etwa Dildos oder Ähnliches, sondern die guten alten Lego. Es war ein Paradies. Ich hatte meine ganze Kindheit und Jugend unter dem Mangel an speziellen Legosteinen gelitten. Ganz besonders die kleinen weißen Zweier waren schwierig zu bekommen. Das heißt, man musste immer diese Kisten mit all den Steinen kaufen, nur um ein paar von den weißen Zweiern zu ergattern. Und dazu einen Haufen Kollateralklötze. Aber dort fand ich, was ich immer gesucht hatte. Und ich wusste genau, was ich bauen wollte, denn das wollte ich schon lange tun, spätestens seitdem ich *Flammendes Inferno* mit meinem Steve McQueen im Kino gesehen hatte: einen Wolkenkratzer, aber einen anständigen. Ich fuhr zum Press Metropolitan an der Victoria Station, wo die geilsten Bildbände der Welt zu erstehen waren. Ein sechsstöckiger Buchladen mit allem, was man sich wünschen konnte. Ich holte mir einen Hochhausschinken ungefähr in Originalgröße, na ja, so einen Meter mal einen Meter wenigstens. Denn ich hatte mein Objekt gefunden. Nicht das Empire State, wie ich erst annahm, nein, das World Trade. Das World Trade Center ist das eleganteste Gebäude der Welt, dachte ich.

Also, wie gesagt, mit den Zweiern stockte ich zuzüglich Viererklötzchen und Sechserriegeln beide WTC-Türme auf 50 Etagen auf. Aber irgendwie ging mir die Arbeit nicht so recht von der Hand, und ich schmauchte noch einen Kabum. Dann schlief ich auf dem Boden ein.

TAXI NEED?

Als ich aufwachte, war schon Abend, und es dämmerte bereits. Ich sah nach, ob Juanita das Fallreservoir aufgefüllt hatte, und duschte dann den ganzen 150-Liter-Tank trocken. Der kalte Guss brachte mich auf die Beine und auf eine verwegene Idee. Ich schraubte so lange am Radio rum, bis irgendein Sender endlich die Uhrzeit absonderte. Es war neun. Um halb elf flog sie. Mein Hirn sagte, vergiss es! Aber irgendwas anderes sagte, do it! Ich warf mich also in Schale, eine kurze Khaki, ein T-Shirt und Sneakers, zündete meinen Hobel und blubberte Richtung Airport Panjim. Motorradfahren machte sowieso immer Spaß, aber nur ohne Helm. Ich besaß ohnehin keinen und genoss einmal mehr den Ride entlang der palmengesäumten Küste, die vom in allen Farben leuchtenden Horizont überm Meer eingerahmt wurde.

Vor den Air-India-Schaltern hatten sich lange Schlangen gebildet. Von dem Miniflughafen in Panjim aus, der zur Hälfte militärisch genutzt wurde, waren nur Kontinentalflüge möglich; die meisten davon nach Bombay, Delhi und Madras. Drehkreuz nach Europa aber war Bombay. Ich entdeckte sie sofort. Sie trug was knallig Gelbes und unterhielt sich lebhaft mit einem James-Dean-Typen, der einen Stetson trug. Große Güte! Mein Auge war inzwischen geschult genug, um zu erkennen, dass dort ein triebgesteuerter Bewerber seine Visitenkarte abgab. Wahrscheinlich würden sie sich schon nächste Woche zu einer Bootsfahrt am Niederrhein treffen oder zur Formel 1 am Nürburgring oder weiß der Geier. Sollte ich hingehen und wenigstens dem Cowboy die Show vermasseln, wenn die sich schon gleich wieder auf den Nächsten einließ? Das Andere sagte, do it, aber diesmal hörte ich auf mein Hirn. Tat ich schließlich selten genug, dafür war es mir was schuldig. Im Geiste stopfte ich einen Blumenstrauß in einen Mülleimer und trollte mich.

Ich parkte grundsätzlich direkt vorm Haupteingang. Meist fing man sich bei der Gelegenheit einen Strafzettel ein, den sie dir würdevoll mit Tesa an den Tank pinnten. Love-Letter nannte man die Wische hier, und die zahlte ich sogar, weil es immer mein Bestreben war, bei den goanesischen Behörden nicht anzuecken. Schon besser, wenn man nicht gemeldet war und so. Ich schwang mich also auf den Sattel, durchlebte eine krasse 30-Sekunden-Depression und trat schon den Kickstarter durch, als eine neue Mission ins Freie trat.

Oh, Mann! Mannomannomann!

Ich hatte so diesen Spezialtrick drauf, der das Anbaggern ungemein erleichterte. Auf so was kam man vielleicht nur zufällig, aber wenn es einmal klappte, dann zog man es natürlich immer und immer wieder durch. Zumindest tat ich das. Man hockte also auf seiner Royal Enfield Bullet 500cc und ließ am besten den Motor im Leerlauf blubbern. Das extrem basslastige, sonore Geräusch des Zweizylinder-Dampfhammers schien die perfekte Hintergrundbeschallung für ein unaufdringliches Nice to meet you darzustellen; ganz aufgeräumt, überhaupt nicht aggressiv und doch irgendwie erwärmend. Wie das Brummen eines alten Kerls, von dem man nicht erwartete, dass er mehr im Schilde führte, als man ihm zutraute. So stand ich schon unzählige Male entweder vor Diskotheken, Busbahnhöfen oder eben dem höchst ergiebigen Flughafen von Panjim rum. Ich stand einfach da, mein Bike zwischen den Beinen, und musterte die Ankömmlinge. Bei jeder Flugzeugladung waren mindestens ein oder zwei

Girls dabei, die zu rekrutieren sich lohnte. Meine schlichte Formel lautete, »Lady, taxi need?« Das war alles. Ich weiß nicht, warum, aber die Ladies lachten eigentlich immer erst mal. Vermutlich erwartete man in der exotischen Ferne eher einen kleinwüchsigen, dreiviertelpigmentierten Chauffeur anstelle eines gestandenen arischen Wagenmeisters.

Wahrscheinlich nahm ich, bevor ich mir ihr Gesicht besah, als Erstes ihre Problemzone wahr, die freilich höchstens für sie ein Problem darstellen konnte. Brüste, sage und schreibe wie Wassermelonen. Ich meine, was sollte das arme Mädel tun, die Titten waren einfach immer vor ihr da, wenn sie nicht rückwärts laufen wollte. Mir war auch klar, dass einem das auf den Wecker gehen konnte, wenn die Leute immer zuerst was Bestimmtes an einem anstarrten, vielleicht einen Buckel oder 'ne Hasenscharte, bevor sie einen grüßten. Ihre Behinderung fand sich allerdings in keinem medizinischen Lexikon, eher in 'nem Crumb-Comic.

Sie schleppte einen riesigen Trekkingrucksack hinten drauf, den sie mit einem Gurt um den Bauch in Balance hielt. Was der Oberweite noch einen extraordinären Kick verpasste. Ich war hin und weg. Vielleicht, spekulierte ich, ließ sich mein gebrochenes Herz durch 'ne Zellauffrischung reanimieren. Juice Clarence Smith, mein Rapper-Buddy aus London, der immer Jahresanfang herum für einen Monat antanzte, prägte mal den Begriff Heart-Hopping … for beating an old pain with the next. Sehen Sie, deswegen gefällt's mir hier ganz gut. Ich musste mir nie groß überlegen, wie ich die Ladies ansprechen sollte. Musste nicht auf frech machen oder auf cool, mich besonders tollpatschig aufführen oder volldreist aufs Ganze gehen. Nee, ich musste gar nichts tun. Sie kamen ja auf mich zu. So wie die da, die Wangen leicht gerötet von der Last und Ausschau nach einer der Droschken haltend, die in meinem Rücken Stau standen. Doch so weit sollte sie freilich nicht kommen. Ich sagte, »Lady, taxi need?«

Gerade mit so einem schweren Gepäckstück auf dem Rücken wäre ein Vierradtransporter eventuell praktischer gewesen, denn ich musste den Lenker schon anständig im Zaum halten, um nicht ins Trudeln zu geraten. Dazu kam, dass sie ziemlich groß war und die Leichteste auch nicht gerade. Ich mein', is' ja klar, du kannst so 'ne gigantische Milchwerke-Aktiengesellschaft nicht auf Streichholzbeinchen betreiben. Insgesamt war sie dennoch schmal gebaut, da passte schon alles. Vorbildliches Vexierbildchen auch für kommende einsame Nächte, wenn Sie verstehen, was ich meine. Shit, ich zehre heut' noch davon. Ganz abgesehen davon hatte sie auch ein hübsches Gesicht und so den schwedischen Teint. Kurz und gut: Blondie, 19, allein in Goa.

Aber sie war gar nicht mehr allein, denn inzwischen hatte sie ja mich. Und sie hatte auch verdammt jemanden nötig. Womit nicht etwa angedeutet sein soll, dass sie auf amouröse Abenteuer oder so aus war. Nope, sie war nur eine von denen, die im Himalaya rumkraxelten und noch ein, zwei Wochen zum Raven und Plantschen nach Goa rüberkamen. Dachte ich, lag aber eine Spur daneben. Sie kam schon aus Kathmandu und war in den Bergen gewesen, aber schob doch so ihre ganz eigene, sehr private Ambition: Ihr Daddy, der wohl Zahnarzt gewesen war und alter Indienexperte, war im Jahr davor am K2 in eine Schneelawine geraten und blieb verschollen. Auf dessen Spuren wandelte sie nun und wollte auch einen Schimmer davon abkriegen, wo Dad sich dann gern zum Afterclimbing rumgetrieben hatte. Nirgendwo anders nämlich als in Arambol.

»You know where that is?«

»Sure, lady! I'm a taxi driver!«, brüllte ich gegen den Fahrtwind. Und dann lachte sie und klammerte sich noch fester an mich. Hmm, einfach zum Dahinschmelzen, dieser junge, warme, fleischige Körper im Rücken; diese milchige, zarte Haut, die glühenden Wangen, die meine Schultern massierten, die blonde Mähne, die um meine Brust wirbelte, der aufgeregte Atem im Nacken. War insgesamt imstande, meine Schwermut endgültig zum Schweigen zu bringen.

Ich wusste von ihrer Daddy-Story, weil wir in Anjouna Beach einen Break einlegten und uns an den Strand packten. Es war mittlerweile ziemlich dunkel, aber der Mond ließ die Gischt leuchten und spendierte uns ein bisschen Glanz. Wir hatten uns bis dahin nur auf Englisch unterhalten, aber während sie quasi perfekt sprach, war ihr schon klar, dass ich in einer anderen Sprache zu Hause sein musste. Was ja keine Schande war und auch kein Problem, da sie aus Düsseldorf stammte.

»What is your native language?«

»German!«

»Na«, lachte sie, »dann lass uns doch Deutsch reden.«

»Cool«, sagte ich. »Wollen wir baden?«

»Wow, das wäre natürlich eine Maßnahme. Aber ich habe keinen Badeanzug!«

Ich sagte nichts dazu und zog mich aus. Ganz so weit ging sie zwar nicht, aber dafür hob sich ihre schneeweiße Schiesser-Unterwäsche markant von der Umgebung ab. Ach, meinte sie, mein BH und mein Schlüpfer werden flugs wieder trocknen. Und dann rannten wir los und sprangen in die unheimlich ruhige, fast lauwarme arabische Brühe.

Als wir wieder an Land schlappten und sie so tropfnass vor mir stand und so glücklich lächelte – ich meine, ganz logisch nach drei Wochen Minusgraden im Himalaya –, vergaß ich mich glatt.

»Du bist umwerfend schön«, entfuhr es mir.

»Danke«, sagte sie.

Und selbst im Halbfinsteren war zu erkennen, wie das Blut in ihre Wangen schoss. Ich eröffnete ihr dann wahrheitsgemäß, dass ich mir nicht sicher war, ob die Fähre in Siolim um die Zeit noch in Betrieb war. Aber vielleicht wollte ich ja doch insgeheim auf was raus. Eher wahrscheinlich. Ganz bestimmt sogar, schätze ich.

»Kann ich vielleicht bei dir übernachten?«, kürzte sie die Geschichte ab.

»Sure«, sagte ich.

Und dann fuhren wir zu mir.

Sie hieß Birgit.

»Aber alle nennen mich Bibi!«

»Na, Bibi«, brummte ich gönnerisch, »dann werde ich dich wohl auch so nennen!«

Wir kletterten vom Bike, während mein Hund neugierig an ihrem Schoß schnüffelte. Der war schon einen Schritt weiter als ich, wenngleich ich nach Möglichkeit nie weitere Schritte plante. Das konnte einem nur den Spaß verderben. Im Ernst. Ich stellte mir nie vor, wie so was im Detail ablaufen würde oder was ich dann tun wollte. Ich war immer eher soft im Bett, hatte zwar 'ne große Klappe, aber nicht irgendwelche Geräte oder so in der Schublade. Wäre ich groß musikalisch gewesen, hätte ich wahrscheinlich den Nimbus der Vorband innegehabt. Yo, hatte schon oft Girls am Start, die bitter enttäuscht waren, weil ich sie nicht mit 'nem Ochsenziemer oder 'nem Lötkolben bearbeiten wollte. Aber soft heißt ja nicht schüchtern. Eine hat mal zu mir gesagt, jetzt hau mir in die Fresse. Da hab' ich ihr gesagt, hau dir doch selber in die Fresse. Hat sie auch gemacht und mir das Laken vollgeblutet. Da hab' ich sie rausgeschmissen. Nee, mein Schwanz blieb immer katholisch. Da oben drin konnte ich die Impfung zwar einigermaßen bändigen, aber da unten werden immer noch Hostien verteilt. Zu mehr als Analverkehr reichte meine kühnste Fantasie nicht. Und das war auch 'ne echte Klippe, sage ich Ihnen, als die Nummer zum Debüt angesagt war. Gar nicht so lange her, hier, in meinem Haus in Assagao. Da. Ein Zimmer weiter in meiner Koje.

Es war ein bisschen so wie mit den Vorurteilen gegenüber Indien. Mein Sachverstand sagte mir, don't fuck where you shit! Aber wenn ich's genau bedachte, war das Quatsch. Ich hatte doch kürzlich erst Columbus auf so einen Logikdreher aufmerksam gemacht, als er behauptete, iss nicht da, wo du scheißt. Ich korrigierte ihn dahingehend, dass es heißen musste, scheiß nicht da, wo du isst. Denn ein Brötchen auf dem Klo zu mampfen mag nicht die feine Art sein, aber ins Esszimmer zu scheißen, das ist ja total daneben. Okay, einigen wir uns auf: Don't shit where you fuck! Ich meine, wahrscheinlich hatte mir früher schon öfter mal diese oder jene Lady, die genau wusste, wo es langgehen sollte, 'ne Kanne Schmieröl in die Hand gedrückt. Das hab' ich denen dann aber, schätze ich, auf dem Bauch verrieben oder, weil ich dachte, die wären heiß gelaufen, auf der Muschi verteilt. Aber diese verrückte Jüdin, Shiri, die mich eine Weile um den Verstand brachte, die redete Klartext. Die brüllte immer, fuck my ass! Und wenn ich dann fragte, is your pussy broken, baby?, dann stopfte sie sich erst mit dem Finger oder mit dreien selber vor und führte mein Ding dann mit Gewalt ein. Well, ich will nicht verleugnen, dass die mich ein bisschen auf den Geschmack gebracht hatte, aber irgendwie Muffe hatte ich vor der immer noch. Für Neujahr hatte sie sich wieder angesagt. Aua! Aber da wollte ich jetzt gar nicht dran denken. Schließlich hatte ich Besuch und konnte mir nicht vorstellen, dass die süße Christin Bibi unzüchtige Dinge von mir verlangen würde.

»Oh, du hast ja einen Hund«, freute sie sich, »wie heißt er?«

»Blitzkrieg!«

»Blitzkrieg?« Sie schaute etwas merkwürdig drein und fragte, ob das nicht ein komischer Name für einen Hund sei. Ich antwortete, dass ich ihn ja nur so nennen würde, weil er mir seinen richtigen Namen nicht verraten wollte. Sie grinste noch nicht einmal.

»Und du heißt wirklich Mitchell, ja?«, wollte sie plötzlich mit einem gewissen Misstrauen wissen.

»Yeah«, knurrte ich.

Und irgendwie waren auf einmal unsere Bande ein bisschen gerissen. Weiß auch nicht genau, warum. Glaube, die hatte einfach kein Sprachtalent oder so. Musste man bei mir aber haben, wenn man mich nach 'ner Stunde immer noch als nett empfinden wollte. Weil mir ein Ochsenziemer ja nichts brachte. Verstehen Sie?

»Komm rein«, sagte ich.

Ging ja gut los. Erst mal wollte sie duschen. Das hieß, ich musste zum Ziehbrunnen runterdackeln und dann Eimer um Eimer den Wassertank auffüllen. Na ja, spornte ich mich an, wer will schon 'ne extraversalzene Muschi lecken, und mal ganz ehrlich, das sauberste Meer war das hier ja auch nicht. Zumindest optisch, aber ich glaube, das lag daran, dass die tiefer gelegenen Quirls immer den Schmodder vom Grund aufspülten. Dann duschte sie also, während ich Tee von Zitronenmelisse aufkochte, die Columbus unten im Hof gedeihen ließ. Ich sah durch das nach innen gelegene Küchenfenster, wie sie kurz aus dem Bad schlüpfte und ihre nassen Flütten über die Patiobrüstung warf. Als ich ihre Brüste im Profil sah, kriegte ich eine dermaßene Durchblutung, dass ich mich erst mal hinsetzen und ruhig durchatmen musste. Und wissen Sie, was total verrückt war? Jetzt dachte ich plötzlich weder romantisch noch oral oder vaginal. Jetzt dachte ich eher an so Sachen, wie man Shiri glücklich machen konnte oder bestimmt auch die Kleine von heut' Morgen, deren Namen ich vergessen hatte. Ich sagte mir aber, komm, Alter, entspann dich mal ein bisschen und rauch 'ne Tüte oder stopf dir am besten gleich 'nen Kabum. Wäre im Nachhinein betrachtet vermutlich vernünftiger gewesen. Nur hörte ich mal wieder nicht auf mein Hirn, das eh nur noch aus dem Standby piepte, sondern auf das Andere da, das lauthals forderte, yeah, do it!

Als Bibi dann so frisch geschrubbt wieder auf den Plan trat, rutschte ich ein bisschen näher an den Tisch, um mich kaudal nicht so zu exponieren. Sie rieb sich die Hände und hatte Lust, was zu unternehmen. Die sagte aber nicht etwa, oh, Mitchell, fuck my ass, die sagte, dass sie wahnsinnig gern ausgehen würde, am liebsten tanzen. Tanzen?! In München hätte man entgegnen können, was, um diese Zeit? Aber hier war das zwecklos, das dürfte sich auch schon rumgesprochen haben. Das wusste sogar sie. Hier konnte man rund um die Uhr irgendwo tanzen. No way, befahl das Andere in mir. Halt's Maul, murmelte ich.

»Bitte?«, fragte sie.

»Nee«, schüttelte ich den Kopf, »ich meine nicht dich.«

Alright, ich war ja kein Unmensch und konnte gut verstehen, dass sie nach dem ganzen einsamen Yeti-Rummel da in der Schneewüste ein bisschen unter die Leute wollte. Und versuchte, uns ein bisschen aufzulockern.

»Hey, kennst du den Witz mit den zwei Yetis?«

»Yetis?«, antwortete sie gedehnt.

»Ja, das sind so diese Schneemenschen im Himalaya, von denen man nicht weiß, ob es sie wirklich gibt.«

»Ach so.« Sie rieb sich ihr Kinn.

»Jedenfalls«, fuhr ich fort, »quatschen die zwei Yetis miteinander, und der eine erzählt, dass er gehört hat, dass der Messner in der Gegend ist.«

»Messner?«, fragte sie noch gedehnter.

»Das is' 'n berühmter Bergsteiger«, erklärte ich, »müsstest *du* doch eigentlich kennen!«

Sie schüttelte, inzwischen schon eine Spur gelangweilt, den Kopf. »Nein«, schnaufte sie, »wie geht der Witz denn nun weiter?«

»Vergiss es!«

Wahrscheinlich bemerkte sie mein Stimmungsloch und tat nun, als wolle sie die Pointe unbedingt hören.

»Na gut«, nölte ich, »da fragt eben der eine Yeti: Ach, der Messner? Gibt's den wirklich?«

»Und weiter?«

»Nichts weiter, Baby! Nichts weiter!«, seufzte ich. »Lass uns tanzen gehen.«

Da entdeckte ich die Einladung zu der Hippiehochzeit und wedelte damit. Sie klatschte freudig in die Hände.

Aber bei mir drinnen dachte ich, na warte, du! Witze gibt's keine mehr.

PARTIES

Am Baga Beach hatten sich so an die hundert People versammelt. Die meisten natürlich Spinner. Wohl schon seit frühem Nachmittag am Start und entsprechend in Form. Große Mode war derzeit Rastamatte. Nicht nur bei den alten Freaks, die sich die Zöpfe schon seit 20 Jahren wachsen ließen. Allesamt waren jetzt verlaust. Und trugen bunte Klamotten. Der Deppenhit war 'ne bunte Flodderhose mit Glöckchen unten daran. Eine schwer bunte Veranstaltung war das. Im Herzen der Angelegenheit hatten sie 'ne Bretterbude zusammengezimmert mit 'nem windschiefen Schilfdach drauf. Da legte DJ Pops auf. Ein ziemlich schräger, aber ganz lustiger Schwarzfußindianer aus New York. Ein Jünger vom berühmten Goa Gil. Er hielt die Leute mit coolen Crossover-Grooves auf Trab, nicht diesem toten Synthie-Sound, der jetzt fast überall waberte.

»Hey Pops«, grüßte ich ihn, »how they hanging?«

»Yo, Mitchell! Down around my ankles!« Er hielt mir lachend die Faust hin, und ich dockte an.

Ich kannte natürlich so einige Leute da, unter anderem das Brautpaar. Eugene, ein waschechter Rasta aus Martinique, und Hélène, eine ehemalige, aber immer noch schwarze Postbotin aus Paris. Die war im achten Monat schwanger und hatte sich ein fluoreszierendes Mondgesicht auf den Bauch gepinselt. Ich schenkte ihnen ein paar Pillen, die ich neulich von Macky abgestaubt hatte. Darüber freuten sie sich tierisch. Obwohl Hélène zurzeit drogenfrei war, von 'nem kleinen Sticky hier und da mal abgesehen. Aber was willst du machen, wenn du 'n Rasta abkriegst?

Bibi hatte sich gleich mal unters Tanzvolk gemischt und war die Sensation, vor allem für die anderen original Rastafaris, von denen es hier so einige gab. Wahrscheinlich sämtlich aus der Umgebung. Deswegen wummerte auch überdurchschnittlich viel Reggaeverschnitt, was mir ganz recht war. Und als ich dann Haluk entdeckte, wusste ich, dass ich mich nun zwischen einer ordinären Tanzpille und einem eklektizistischen Vollrausch zu entscheiden hatte. Weil Haluk immer so eine Anglerjacke ohne Ärmel trug, die mindestens 20 kleine Täschchen barg, mit deren Befüllung er jeder Apotheke Konkurrenz machen konnte. Er freute sich natürlich, mich zu sehen, weil auch er mit den meisten 08/15-Goaheinis nicht viel anzufangen wusste. Er bezeichnete die Gesellschaft als Tanzbären und Tantramäuse. Genau! Typen wie wir verkehrten mit entspannten Wahnsinnigen, die sich ihr Ego nicht auf die Stirn tätowiert hatten; ganz normal rumliefen, sich ganz normal unterhielten und halt ganz relaxt das Hier und Jetzt aus sich rausholten.

Ich kannte Haluk aus Berlin. Er hatte da 'ne Weile einen Independent-Videoladen am Laufen, der natürlich einging. Heutzutage nennt sich schon die *Bild*-Zeitung indie, war einer seiner Kommentare dazu. Sich selber bezeichnete er als Halbkanaken. Sein Vater war Türke, seine Mutter Griechin. Wo is' 'n da das Halb, fragte ich ihn mal. Na ja, meinte er, halb Grieche, halb Mensch! So ein Typ war das. Ich liebte ihn, weil der einfach richtig sprechen konnte, 'n abgefuckten Humor besaß und nicht die Spur Moral. Nur Nazis und Kommunisten brauchten 'ne Moral, darin waren wir uns einig. Er war gerade dabei, einen Koksjoint zu rollen.

»Hau dich hin, Mitch«, schnarrte er, »jetzt pumpen wir uns eine Runde auf und kümmern uns dann mal um die

Tantramäuse.« Ich packte ihn an seinem Zappabärtchen unterm Kinn und justierte seine Optik Richtung Tanzvolk.

»Siehste die da?«

»Die mit den Medizinbällen?«

Ich nickte bedeutsam und pinnte den Daumen gegen meine Brust.

»Bok! Wo greift man denn so was ab?«

»Airport! Ganz frisch.«

»Taxi?«

Ich nickte. Er leckte meckernd den Joint zusammen. »Na dann, viel Spaß. Pass aber auf, den Tanzbären da platzt schon die Hose.«

»Das riskier' ich.«

Wir lachten und schlugen die Pfoten ineinander.

»Mensch, Haluk, wo hast 'n so Stange geleckt? Ohne dich ist das Leben doch scheiße!«

»War in Mangalore unten. Geschäfte erledigen. Und wo ich schon da war, bin ich noch ein bisschen geblieben.«

»Klingt vernünftig!«

»Aber wie!« Er klopfte sich auf die Jacke. »Großeinkauf, Buddy, jetzt haben wir wieder eine Woche Ruhe!«

So nach einer Stunde hatten wir schon dies und das probiert, ein bisschen Koks geraucht, zwei Afghansorten hinterher, ein paar Pilze geschluckt und ein Direktnäschen zum Wachwerden hochgezogen.

»Was ist denn mit deiner Freundin«, fragte Haluk, »will die nicht auch was?«

Wir sahen zu Bibi rüber, die von drei fleißigen Tanzbären umzingelt war, die alles an Charme aus sich rausholten. Sah aus, als würde denen gleich die Soße aus den Ohren laufen.

»Als meine Freundin würde ich die nicht unbedingt bezeichnen«, nölte ich, »die is' halt meine!«

»Hol sie doch mal her.«

»Nee, die lass ich so lange zappeln, bis ich mir über das angemessene Strafmaß im Klaren bin.«

»Was hat sie denn ausgefressen?«

»Die hat sich auf 'ne Art meiner Zuneigung widersetzt und will nicht über meine Witze lachen.«

»So was geht natürlich gar nicht!«

»Das wird sie auch bald merken ...«

Wir kicherten. »Da!« Haluk pulte eine Pille aus einem seiner vielen Täschchen und nickte Richtung Bibi. »Mit einem Gruß von mir.«

Ich nickte. Durst hatten wir auch.

Alle Getränke waren in Eugenes fettem Renault Espace verstaut. Es war vermutlich in ganz Goa die einzige Karre dieser Art, die jetzt im Rücken der Veranstaltung vor einer Felswand parkte. Der Motor lief die ganze Nacht durch, denn die Klimaanlage war voll aufgedreht. Der Van war natürlich ganz schön belagert. Aber nur der Oberkellner, Eugenes einfältiger Bruder Philippe, besaß den Schlüssel und konnte einem da was rausgeben. Und es bekam auch nicht jeder was. Sonst hätten sich die ganzen Hippies im Staate bedient. Mich hat mal einer nachts aus dem Bett geklingelt, weil irgendeiner irgendwo in irgendeinem Club Freibier springen ließ. Echt peinlich. Aber ich kriegte hier, soviel ich wollte. Holte ein paar Bier für Haluk und mich und eine Pulle Mineralwasser für *meine.*

Ich ging rüber zu Bibi, das heißt, ich tänzelte elegant zu ihr hin und drückte ihr die Bottle in die Hand. Die Bären glotzten. Die dachten wohl, heute wär' Weihnachten, dabei war gerade die Fastenzeit angebrochen, Jungs. Ich hätte ihr die E natürlich auch in einen Drink mixen können, aber wozu? Stattdessen sagte ich, mach mal A, und schob ihr die

Pille in den Mund. Sie ließ sie erstaunt auf ihrem Waschlappen liegen, immerhin ohne sie auszuspucken.

»Waf if daf?«, nuschelte sie um die Zunge herum.

»Ne Dampfpille!«

»Ekftefi?«

Ich nickte. Sie schluckte und spülte mit Wasser nach.

»Danke!«

»Jetzt biste 'ne Weile beschäftigt«, sagte ich ihr. »Ich häng' da hinten ab, bei dem Typen mit dem Ziegenbart. Der hat dir die E springen lassen.«

Sie sah zu Haluk rüber, der ihr freundlich zuwinkte. Sie hätte natürlich auch ein Thanks lächeln können, war aber gleich wieder im Reggae-Trance.

»Yo, yo, yo, maan«, meinte einer der Tanzbären grinsend zu mir, als ich wieder abzwitscherte. »Maximum respect, maan!«

Leck mich doch, dachte ich und haute mich wieder zu Haluk.

So ganz langsam setzte die Wirkung ein. Das Koks verschaffte einem ein aktives Highgefühl, das Dope dämpfte die aufkochende Energie etwas, und die Pilze wussten noch nicht so recht, wo sie anzudocken hatten. Das war dann so die typische Plauderphase, in der man von Hölzchen auf Stöckchen geriet. Wir quasselten uns den Mund fusselig, und ich bin mir nicht sicher, ob die Inhalte es wert waren, der Nachwelt erhalten zu bleiben. Eher weniger, schätze ich.

Zur körperlichen Ertüchtigung gingen wir abwechselnd Bier holen, wobei hier nur die Flüssigkeit selber von Interesse war. Der Alkohol hatte gegen den Restmix nichts zu melden. Deswegen konnte ein Ex-Alki wie Haluk bedenkenlos bechern. Und das war auch der Grund, warum ich praktisch nie besoffen war.

Inzwischen hatten sich zwei normal aussehende Mädels in unserer Nachbarschaft niedergelassen. Sahen recht nett aus. 'ne ganz Schwarze und 'ne Halbschwarze. Die hatten natürlich keinen Stand bei den ganzen Rastafaris vor Ort, denn die stehen nur auf weiße Chicks. Is' bei denen so 'ne Art Colonisation-Revanche-Tick. Eugene war da eine Ausnahme. Er war der einzige Rasta, den ich kannte, der 'ne schwarze Frau hatte. Und ich kannte einige von den Jungs. Blieben also, von den anderen weißen Spinnern und Tanzbären in Glöckchenhosen mal abgesehen, nur noch wir zwei übrig. Ein Halbkanake und ein Vollarier.

»Sprich die mal an«, sagte Haluk.

»Was soll ich sagen?«

»Dass wir im Besitz von Drogen sind!«

Ich ging zu den Mädeln hin, ging respektvoll in die Hocke und sagte, »Ladies, coca need?«

Ladies interessieren sich in puncto Drogen nur für Kokain. Abgesehen natürlich von Junkiebräuten, Hippieschlampen und Manisch-Depressiven. Für die kommen Heroin, Hasch und Crack zusätzlich in Frage; und abgesehen natürlich auch von Sondereinsatzpräparaten wie Ecstasy, das aber im engeren Sinn keine Droge darstellt, genauso wenig wie Xanax, Viagra oder Chloroform. 'ne Droge ist etwas, das dein Bewusstsein verändert, nicht deinen Schwanz hebt, deine Pumpe aufbeamt oder deine Hysterie lowert. Nur, falls Sie sich dessen im Moment grad nicht gegenwärtig waren. Oder sich fragen, ob Alkohol 'ne Droge ist. Aber weit entfernt! Alk ist das schiere Gegenteil davon, er verändert nur die Stimmung und damit das Verhalten und in der Folge die Beziehungen – und, wenn sich die Ratte dann in den Schwanz gebissen hat, irgendwann auch das Bewusstsein. So nach der dritten Scheidung oder dem zweiten Führerscheinentzug, wenn man beschließt, das Stammlokal zu wechseln. Yo, Mann, Drogen sind heilig. Lassen Sie sich da nicht von dem schwulen militärisch-industriellen Komplex verwirren. Die wollen, dass Sie saufen und Medikamente schlucken. Wenn Sie am Wochenende 'ne Mieze angraben wollen und 'n Briefchen Koks am Start haben, ist die Wahrscheinlichkeit, zum Zug zu kommen, höher als bei einem Puffbesuch, wo man vielleicht nicht reingelassen wird. Darüber geht nur noch Taxifahren. Is' aber vielleicht nicht in jedem Topic möglich. Obwohl, könnte man in Tegel oder am Zoo auch ausprobieren. Lady, taxi need? Das sind so Sachen, die muss man einfach nur machen.

Die Schwarzwaldmädels waren echt begeistert. Die hatten den Jackpot geknackt. Die waren genauso wenig wie wir scharf aufs Tanzen und wollten trotzdem rocken. Dauerte nicht lange, da waren wir am Rumknutschen. Haluk schob bald mit der Hundertprozentigen ab, und ich blieb mit der Fifty-fifty zurück. Mein Buddy war natürlich kein Asozialer, der uns nicht ausreichend Proviant dagelassen hätte, um bis zum Mittag durchzuhalten. Mir kam dann das Problem, dass die Kleine auch gerne mit zu mir oder hin zu ihr gegangen wäre. Aber ich war ja auf 'ne Art gebunden und schlug darum den buschigen Abhang hinter uns vor, wo manch Felsnische Zuflucht vor allzu neugierigen Blicken bot. Von da oben hatten wir dann 'ne fette Optik über die Hochzeitsparty da unten. Wir richteten uns, beide auf den Knien, derart geschickt ein, dass wir, während sie mich jauchzend in sich aufnahm, gemeinsam die Aussicht genießen konnten. Herrlich bedröhnt und sorgenfrei am Stöhnen und Ächzen in dieser wundervollen Nacht an Brahmas Gestade. Yep! That's the way I like it. Und wenn irgendwem das da nicht gepasst hätte – hey, do it your way! Käme nie auf die Idee, irgendeinem zu sagen, wie er das machen sollte. Ich meine, so die Triebe und die Feelings und das ganze Leben managen halt.

Ich verpasste der süßen Fifty-fifty zum Abschied noch eine Stärkung für den Heimweg und kümmerte mich dann um meine. Die war sicher schon zwei Kilo leichter inzwischen, und ein paar von den Bimbos hatten schlappgemacht. Die lümmelten jetzt im Sand und smokten Ganja. Yo, maan, maximum respect! Pops hatte jetzt, wo sich von der Landseite langsam die Sonne erhob, die Ambientkiste ausgepackt. Es gab da 'ne neue Band, Astral Project, die kamen aus dem Gelobten Land und hatten es schwer drauf. Zwar elektronisch, aber fucking tanzbar. Zwei Tanzpillen hatte ich auch noch. Eine für mich, eine für meine. Sie schluckte ohne Murren und fuhr im Tanzschritt fort. Hatte ein echtes Stehvermögen und stieg wieder in meiner Zuneigung. Phase 3 des polytoxikomanischen Party-Knigge war angesagt: Dancing!

So gegen zwölfe mittags waren die meisten schon nach Hause gewankt oder gekrochen. Pops wollte auch schon sein Zelt abbrechen, aber ich konnte ihn mit Haluks Restpulver davon überzeugen, noch ein Überstündchen dranzuhängen. Weil die anderen Tanzbären und Tantramäuse und Ganjafreaks keine Drogen mehr besaßen und das Bier längst alle war, blieben zum Schluss nur ich und meine übrig. Wir hopsten uns die Seele aus dem Leibe. Mann! Würde man in ihre Titten einen Schwerkraftdynamo eingebaut haben, hätte ein Schneller Brüter einpacken können. Absolut zirkusreif. Jetzt brezelte die Sonne richtig, und wir soffen Wasser wie Löcher. Gegen zwei hatte Pops dann auch kein Pulver mehr, und das war es dann. Als die Musik verebbte, brauchten wir wenigstens kein Licht auszumachen. Im ersten Moment torkelt man aber unbewusst, weil die Schallwellen einen immer noch grooven. Man hat dann so ein Rauschen im Ohr und ist einen Moment richtig desorientiert.

Baga Beach war damals eigentlich schon eine richtige Touristenhochburg. Konnte man natürlich nicht mit Mallorca oder so vergleichen, aber an den Hauptstränden lief schon geordneter Badebetrieb ab mit Sonnenliegen etcetera, während unser winziger Hippie-Beach hier etwas abseits lag und schwerer zugänglich war. Ein paar Sonnenbader hatten sich dennoch breitgemacht. Und Bibi hatte immer noch keinen Bikini. Oben ohne wird hier an den Randzonen zwar zähneknirschend geduldet, aber musste ja nicht sein. Deswegen untersagte ich ihr das streng, weil sie natürlich verschwitzt war wie 'ne Sau und ins Wasser wollte. Offenbar war mit den Pillen und dem allen auch ihre Hemmschwelle gesunken. Mach es doch so wie gestern, sagte ich, dein BH und dein Schlüpfer trocknen doch flugs! Andererseits hätte ich Whalewatching-Tours für die Spanner aus Bombay und Madras organisieren können. Und wiederum andererseits wollte ich ja auch ins Wasser und hatte keine Lust, mit 'nem halben Baguette im Slip rumzurennen. Also gingen wir – das sagt sich so leicht – los, um ihr 'nen Bikini zu erstehen. Und dafür gab's nur eine Adresse, die jemand in meiner Position frequentiert hätte: die Haile-Selassie-Gedächtnisboutique von Jérôme Mon Amour in Chapora.

Wir fuhren also die Küste lang nach Chapora City, waren nur ein paar Kilometer. Aber ich gab ordentlich Gas, weil das so herrlich abkühlte. Außerdem hatte ich auch irgendwie leicht einen in der Krone, sodass man bei zu langsamem Fahren schnell umkippen konnte. Darum war ich natürlich auf Sicherheit bedacht. Habe deswegen auch nie einen ernsthaften Crash gebaut. Weil ich eben immer wusste, wann ich Gas zu geben hatte. Ich deutete zum Hügel rüber, auf den die Portugiesen Anfang des 18. Jahrhunderts eine anständige Festung gepflanzt hatten. War die offizielle Tourismusattraktion hier. Aber eigentlich war hier was ganz anderes die Attraktion.

Wir rollten dann nämlich ins, wenn ich mich nicht irre, verfreakteste Kaff auf Gottes Erden ein. Was man als City bezeichnete, war eigentlich nichts anderes als eine langgezogene Kurve. Wenn man von Süden kam und den höchsten Punkt des Kaffs erreichte, ging's gut 200 Meter steil abwärts und dann durch die Kurve, die zu beiden Seiten von kleinformatigen Shops jeder Art gesäumt war. Zu meinen persönlichen Anlaufstellen gehörte Ganesh's Milk & Fruit Company, wo es den besten Mango-Lassi weit und breit gab und einen derart frisch gepellten Obstsalat, dass man eine Vitaminüberdosis kriegte. Konnte man dann, was nur ausgeflippte Underdogs taten, gleich nebendran im Peacock wieder abbauen, einer uncoolen Westernspelunke, in der sich hauptsächlich Briten und Israelis rumdrückten, die eine Acidbowle zum Frühstück nicht verachteten. Eine Pizzeria gab's auch, weil hier 'ne Menge Itaker rumschwirrten. Waren die schlimmsten Junkies und gewalttätig dazu. Die hatten sogar einen eigenen Strandabschnitt am Vagator unten, den sie sich mit den ebenfalls prügelsüchtigen Israelis teilten. Deswegen nannte man das da Tel Aviv oder Spaghettino Beach. Ein anständiger Rock 'n' Roller setzte seinen Fuß da aber kaum hin. Zipp war der Einzige, den sie dort nicht blöd anmachten. Der haute sich da hin und sagte, hit the road, junkies! Wenn einer aufmuckte, dann ließ Zipp seinen Standard los: If I can't beat you up, I'll sniper you down! Ihm glaubte man das. Zipp war 'ne echte Respektsperson hier. Aufs Maul hatte er natürlich trotzdem schon gekriegt.

Weiter hinten, Richtung Morjim, lag das Tikkori. Da wurde tagein, tagaus Chicken, Chicken, Chicken gebrüllt und Chicken-Tikkori vom Spieß verhökert. Gegenüber, von der Straße nicht direkt einsehbar, war der Motorbikeverleih von Strahlemann Gopi, den er gemeinsam mit seinem Brother Joey betrieb. So neben dem Taxifahren halt. 'ne Kuh war auch da, kostete in den Auslagen vom Food-Shop Sultan nebenan schmatzend den Kopfsalat, und Barbier Lawrence stand vor seinem Shop mit gewetztem Rasiermesser und blinzelte in die Sonne. Ich nickte ihm zu und hielt vorm Penny.

Amrit bediente seine Gäste, die meist vorm Laden abhingen. So richtig verlauste Hippies, die bräsig ihren Sonnenstich mit Bier bekämpften. Grad kam der Überlandbus an, von der anderen Seite der Kurve, die dort ebenfalls steil wieder anstieg. Aber glauben Sie denn, dass einer von den Säufern auch nur 'nen Millimeter zur Seite gerutscht wäre, um dem Gefährt Platz zu machen? Shit, no! Eigens dafür klebte ja ein barfüßiger Lotse am Trittbrett, der den Driver mit speziellen Zischlauten dirigierte. Und drinnen hockte eine neue Fuhre Hippies, die nach draußen glotzten. Wäre man dem Bus zur Haltestelle gefolgt, käme man zu einem hellblauen Holzverschlag; staubgekrönt und zugleich Sitz des Konsulats of Nepal, Stempelbude zur direkten Durchreise über Poona und Bombay nach Kathmandu. Da war auch immer schwer was los.

Als der Bus endlich durch war, pssste ich Amrit zu mir her. Er trug in einer Hand ein Tablett mit Gläsern und Erdnüssen, die andere schüttelte er mir. Ich sagte, »Fill me up, chief.«

»Full?«

»No, just, let's say, three bottles.«

Er machte kehrt und kam mit drei Cola-Literflaschen zurück, die sich am Eingang stapelten. Er wischte sich die

Pfoten an einem Tuch um den Gürtel ab, schraubte den Tankdeckel auf und goss ein. Ich tankte immer Super. War teurer, aber besser. Tankstellen waren hier nämlich Mangelware.

Bibi hockte still hinten drauf und hatte ihre Wange auf meine Schulter platziert. Schätze, sie wurde ein wenig schläfrig. Der steckte wahrscheinlich noch das Bergsteigen in den Knochen. Die braucht 'ne Erfrischung, dachte ich noch, als wir bei Jérôme reinschneiten. Sein Laden war das Einzige in Chapora, was man als très chique bezeichnen konnte. Ja, musste! Eine tolle, von Bambus und Teakholz dominierte Ausstattung mit sagenhaften Afro-Schaufensterpuppen und Klamotten vom Feinsten, die er selber entwarf und – zum Beispiel von Gopis Daddy – in einer Fabrik in Mapsa schneidern ließ. Er war ein feingliedriger, wahnsinnig freundlicher Typ, dessen Familie aus Guadeloupe stammte. War aber kein Rasta. Der beherrschte so sieben Sprachen, und wenn man eintrat und die stets leicht von Moschus gesättigte Luft einatmete, bekam man erst mal einen Tee serviert.

»Michel, schön, disch zu sehen. Was treibt disch in meine bescheidene Environmente?«

Ich zeigte auf Bibi. »Das is' Bibi, Maitre. Die braucht 'n Bikini, aber nicht zu knapp.«

Jérôme begrüßte sie mit angedeutetem Handkuss und versicherte ihr, dass er nicht ruhen und rasten würde, bis sie glücklich da rausmarschierte. Natürlich entging seiner Aufmerksamkeit nicht, dass wir ein bisschen übernächtigt waren.

»Michel, wollt ihr eusch vielleischt ein wenisch frisch maschen?«

Ich sah Bibi an: Wollen wir uns ein wenig frisch machen?

»Frisch machen? Wie denn?«

Jérôme nahm uns jeden an einer Hand und führte uns nach hinten in den kleinen Garten, wo es fast so exotisch aussah wie in Columbus' Patio. Er hatte sogar ein paar Hühner, die im Gras scharrten, und eine gelbe Katze, die auf einem Aprikosenbaum döste. Einblick von draußen gab es hier nicht. Er stellte darum ungeniert eine kleine Schatztruhe auf den Tisch, der aus dem riesigen Querschnitt eines Banyan-Baumes bestand, und bat uns zum Hinsetzen auf ebensolche Stämme kleineren Kalibers. Hier war alles designt, nichts dem Zufall überlassen und mit Liebe drapiert. Auch die mit Perlen bezogene Truhe, aus der er mit einem goldenen Löffelchen weiße Steinchen auf einen Spiegel hob, der unverrückbar in der Mitte des Tisches eingelassen war.

»Michel, das ist die unverschnittene Wahnsinn 'ier. 'abe isch bekommen von Macky!«

Dann nahm er eine Rasierklinge, die in einen dafür vorgesehenen Elfenbeinschaft eingeschoben war, und hackte die Rocks säuberlich auf, bis sie zu wunderbarem Pulver wurden, das er auf feine Linien verteilte.

Bibi guckte ein wenig verunsichert drein, als Jérôme ihr einen goldfarbenen Halm reichte, der, da wette ich, auch wirklisch escht war. Bibi war schon von dieser Welt und wusste, was da vor ihr lag. War mir aber nicht sicher, ob sie schon mal in den Genuss gekommen war. Jetzt war es jedenfalls so weit. Sie zog, staunte, strahlte. Yeah, Baby.

Den Nachmittag verbrachten wir dann mit gepflegter Unterhaltung. Und als Bibi ihre Geschichte eingeschoben hatte, die sie sowohl in den Himalaya wie hierher führte, und dann anschließend mal ins Bad abdampfte, zwinkerte Jérôme mir zu.

»Wie wir Briten sagen, Michel. Daddy lost – Daddy found!«

Wir schluckten unser Gackern runter und zogen und zogen und zogen weiter bis tief in die Nacht. Erst als unsere

Kiefer für weitere Gespräche nicht mehr zu gebrauchen waren, dachte ich an den Nachhauseweg.

»War wie immer schön, mit dir zu plaudern, Jérôme.«

»Aber Bibi brauscht eine Bikini!«

Ja, richtig, verdammt, das war irgendwie unter den Tisch gefallen.

Also dimmte Jérôme das Licht im Laden hoch; 'ne afrikanische Vollmondlampe war das, so im Marillenton, die ein atemberaubend schönes Licht abstrahlte. Da sah sogar ich ganz passabel aus, als ich einen Blick in den mannshohen Spiegel riskierte, der an Sisalstricken von der mit geschnitzten Balken verzierten Decke baumelte. Und immer, wenn Bibi dann hinter der mobilen Umkleidekabine verschwand und ein neues Modell vorführte, wurde es selbst Jérôme schummrig, obwohl der mehr auf jüngere Herren stand. Sie entschied sich dann für einen weißen Einteiler, der ihre Hüfte steil einschnitt und Vorder- und Hinterteil mit knappen Striemen zusammenhielt. Bin kein Fachmann, würde aber sagen, 'n echtes Masterpiece. Kostete auch einiges. Aber nicht so viel, wie wir weggezogen hatten.

Als wir dann bei mir in Assagao anlangten, warfen wir uns sofort aufs Bett, dösten noch ein bisschen und hielten dann ein Nickerchen; so zwei Stündchen vielleicht. Es war jedenfalls noch dunkel, als Blitzkrieg anschlug. Er bellte kurz auf, jaulte dann lang und verstummte ganz plötzlich. Kurz darauf baute sich Zipp in der Bude auf. Frisch gewienerte Glatze, am Grinsen wie ein Honigkuchenpferd und aufgedreht wie ein Springbock.

»Mann, Alter«, legte er los, »'n paar Tage kürzertreten macht einen ganz neuen Menschen aus einem! Bin grad aufgeschlagen. Berlin war geil, Alter.«

Bibi und ich glotzten nur. Zipp klatschte in die Hände.

»Ja, los, raus aus den Federn. Mutter Natur wartet nicht!«

»Wovon quakst du überhaupt?«, dehnte ich meine Glieder.

Er hockte sich ans Bett und musterte mich ungehalten.

»Was glaubst du eigentlich, wo du hier bist? Wat?! Wa?! Meinste vielleicht, du kommst mit Drogen, Weib und Gesang vorwärts im Leben? Raus mit dir, du Tunichtgut, jetzt erforschen wir mal ein bisschen Gottes Garten. Wie lange biste hier? Vier Jahre? Haste schon mal 'n Seeadler gesehen oder 'n Nashornvogel? Nee, nüschte! Oder die kleinen Piepmätze, die da draußen am frühen Morgen rumvögeln und flattern, Pirole oder Papagallos? Nee! Nüschte! Haste schon mal 'n Sambar gesehen oder 'ne Streifenhyäne? Nö! Wa', du Nasenbär, Schluckspecht, Zugvogel!«

Ja, was sollte man da sagen. Wo er recht hatte, hatte er recht. »Muss das jetzt sein?«, jammerte ich.

»Wenn's hell wird, Alter, ist da draußen die Hölle los. Aber das kannst du ja nicht wissen, weil dir normal um diese Zeit die Muße für das Schöne und Natürliche abgeht. Das musst du doch einsehen, oder?«

Ich sah es ein.

»Also, pack dein Mädel zusammen«, er nickte Bibi zu, »und dann zeig' ich dir mal ein bisschen, was hier außer Koma sonst noch so abgeht. Hopp, hopp, hopp!«

Zipp konnte echt anstrengend sein, wenn er nüchtern war. Zum Glück kam das selten vor. Während wir artig in unsere Schuhe schlüpften, sah er aus dem Fenster.

»Da unten kam mir so 'n frecher Köter quer, dem habe ich eine verpasst!«

»Ja. Mein Hund.«

»Ach so, konnte ich ja nicht wissen. Na, jetzt kennt er mich wenigstens. Wie heißt der denn?«

»Blitzkrieg!«

»Du solltest ihn in Sofortkapitulation oder White Flag umtaufen.«

Plötzlich kicherte Bibi. Was kicherst du denn?, fragte ich. Ach, nur so, schüttelte sie grinsend den Kopf.

Wir gaben Gas. Der Lärm unserer Enfields musste um diese Zeit infernalisch klingen. Knapp vor Sonnenaufgang. Goa am Morgen. So nüchtern, wie ich es nie wieder sehen sollte. Wir bogen von Assagao ab in die Pampa Richtung Südost und ritten dann fast eine Stunde über kleinste Strässchen durch Wälder, Wiesen und Felder. Nebel waberte über weitläufige Hügel, die sich in gleichmäßigen Wölbungen verloren. Die Graslandschaft war feucht und sattgrün. Direkt neben uns segelte die Silhouette eines stattlichen Raubvogels, der eine kleine Schlange vom Boden aufpickte, die sich hilflos wand, während er sie forttrug. Die Sonne blinzelte bald hinter den Hügeln hervor. Durch den Dunst hindurch wirkte alles so weichgezeichnet wie von David Hamilton persönlich. Zu schön, um wahr zu sein. Mädels in hochgesteckten Saris hoben die Köpfe. Sie standen, um diese Zeit schon, knietief im Wasser und winkten. Hier baute eine esoterische Genossenschaft mit Sitz in Poona Bioreis an. Mit denen hatte ich zuvor schon mal zu tun bekommen, als ich mich zum ersten Winzer Goas krönen wollte; weil mich so ein Vollidiot aus Heidelberg auf die Idee gebracht hatte. War ja auch komisch, dass in einem Land, in dem immer die Sonne schien, kein Wein angebaut wurde. Südhänge ohne Ende. Mein kostspieliges Projekt – nachdem ich viel Zeit in einen Winzerlehrgang in Cochem an der Mosel investiert hatte, dazu einen Haufen Geld in Landerwerb bei der Genossenschaft und den Ankauf von Chardonnay-Setzlingen in Nordspanien – mündete darin, dass mir der Dorfschulze steckte, dass der Weinanbau in Indien streng verboten war. Zipp warf jedenfalls begeistert die Beine in die Höhe. Ich knatterte im Slalom hinterher. Bibi krallte sich fest. Wir stießen Freudenschreie aus. Zumindest Zipp und ich. Und checkten kaum die Beschaulichkeit, die wir durch unseren Krawall bedrohten. Wir fühlten nur die Wärme, die dieser Moment uns bereithielt und es auch noch mit dem Lächeln reiswaschender Hindimiezen dankte.

Bald darauf erreichten wir das Bondla Sanctuary. Das war mal ein Naturschutzgebiet, sage ich Ihnen. Und heilig auch noch. Konnte einem schon die Sprache verschlagen, was hier so fleuchte, kreuchte und abwuchs. Mit dem Bike allerdings durfte man nur eine bestimmte Route einschlagen. Ein Stoppschild war eigens angebracht, um die Aufmerksamkeit auf eine Hinweistafel zu lenken, die einen gleich mal vielsprachig einnordete:

No Row! – No Fire! – No Smoking!

No Alcohol! – No Drugs! – No Sex!

Don't pick Plants! Don't feed Animals! Don't leave Waste!

Be aware of Cobra-Snakes!

Hier gab es ernsthafte Bäume, deren Kronen so 25 Meter über einem schwebten. Große Tiere sahen wir nicht, dafür ohne Ende Vögel, kleine Reptilien und winzige Säuger. Hey, wir waren so begeistert, dass wir sogar von den Bikes stiegen und uns ein bisschen in die Büsche schlugen, aber Bibi schob dann Schiss wegen der Kobras. Und Hunger kriegten wir auch langsam.

»So«, sagte Zipp, »jetzt habt ihr mal gesehen, was es sonst so in Indien gibt. Jetzt können wir wieder zur Tagesordnung übergehen.«

Dann fuhren wir wieder Richtung Küste nach Margao, wo wir einen Schuppen fanden, in dem uns ein Obstsalat zurechtgemacht wurde und ein Pitabrot mit irgendeinem leckeren Käseaufstrich.

»Wo wir schon da sind«, kaute Zipp, »hier in der Gegend kenne ich einen ganz interessanten Typen. Ich mein', der hat zwar einen kompletten Dachschaden, interessant ist der aber trotzdem. Müsstest du auch kennen, Alter. Doktor Holle!«

Ich schüttelte den Kopf, nie gehört.

»Promi-Zahnklempner aus Charlottenburg! Dem hamse die Lizenz entwertet, weil der zum Fressebetäuben immer Koks verabreicht hat ... Macht der immer noch.«

»Klingt interessant!«

Zipp grinste. »Das is' 'n Vogel, Alter! Den kenn' ich noch vom Set von *Winnetou und Old Shatterhand im Tal der Toten*. Der hat da die zahnleidenden Schauspieler getröstet. Alter, hatten die da Zahnschmerzen!«

Ich lachte. »Wer hat 'n den produziert? Wendland?«

»Nee, der alte Atze Brauner. Der hat eben Stil. Ich hab' da Kulissen geschoben.«

Und da fuhren wir dann hin. Weiß gar nicht mehr, wie sich das da nannte. Irgendwas mit Hills, Vorort von Margao. Hier wohnten die eher Wohlhabenden. Sah man gleich. Die Häuser protzten mit blühenden Gärten, stabilen Zäunen und gewaschenen Autos. Bis hin zur E-Klasse. Zipp hielt und winkte mich ran. Er deutete auf ein massives, eher mondänes Steinhaus, an dessen Front irgendwie unpassend grauer Efeu rankte. Zipp schnipste. Ich linste über den Zaun hinweg. Mindestens acht oder neun Bikes blockierten die Einfahrt. Zipp zog den Zündschlüssel ab. »Komm, lass uns mal reinschnuppern. Die sind garantiert noch hellwach!«

War so acht Uhr morgens, schätze ich, als Zipp an der Glocke schellte. Dauerte eine ganze Weile, bis 'ne Braut, so Mitte 40, aufschloss ... die oben zwar ganz frei, aber fast ohne war, dafür mit Riesennippeln. Sie trug ein knöchellanges Tuch um die Hüften und kratzte sich zwischen den

Beinen. Ansonsten sah sie aus, als sei sie gegen eine Kalkwand gelaufen. Fühlte sich wohl gestört, stemmte giftig die Arme in die Seite und musterte uns. Brauchte ein Weilchen, bis sie Zipp erkannte. Ihre Miene switchte dann zack um auf happy. Sie schlang die Arme um Zipps Hals und begann süffig zu lallen.

»Mensch, Zipp, alter Schwede! Wasmachsnduhier?«

»Na, was denkste wohl, Kleene?«, schnodderte Zipp. »Ich hab' Zahnschmerzen! Meine Kumpels hier halten's auch schon nicht mehr aus.«

Die zwei lachten wild auf und busselten sich innig ab. Anschließend wurden wir einander vorgestellt. Sie war die First Lady des Hauses und jetzt aber so richtig freundlich. Frau Holle! So hieß die allen Ernstes; Monika, glaub' ich.

»Bei uns is' grad 'ne kleine Zwingerparty los«, säuselte sie vollbreit, »ich meinte, Swwwingerparty!«

Sie kicherte und stützte sich an die Wand. Dann entriegelte sie eine feste Metalltür, und wir stiegen in den Keller runter, der als Partyraum hergerichtet war, mit Bambusbar und buddhistischen Lampions und so. Und da unten, da unten bei den Holles im Keller, da ging die Post ab!

Ich meine, selbst wenn man so einiges gewohnt war, und ich war so einiges gewohnt, war das hier noch ein starkes Stück. Ich merkte gleich, wie Bibi ganz eng an mich ranrückte. Aber ich schätze, weniger vor spontaner Erregung als gewisser Verunsicherung. »Wollen wir nicht lieber wieder gehen? Ich glaube, hier gefällt es mir nicht so gut.«

»Okay, warte draußen auf dem Bike. Könnte aber dauern. So ein, zwei Tage.«

Dann blieb sie doch lieber. Na ja, so war es eben, mitgehangen, mitgefangen. Kam davon, wenn man sich mit Erwachsenen einließ. Aber hey, sie war schließlich ein starkes

Mädchen … und würde ihren Freundinnen gewiss mehr zu berichten haben als die Stories, die die aus den Ferienbungalows von Antalya oder Kos mitbrachten. Also dafür konnte ich garantieren.

Sobald man sich an das Stroboskopgewitter im Keller, in dem es in vier oder fünf Räumen rundging, gewöhnt hatte und die Ohren mit den hämmernden Technofrequenzen synchronisiert waren, konnte man einigermaßen erkennen und hören, was sich so abspielte. Ein einziges pulsierendes und quiekendes Sodom und Gomorrha. Erinnerte mich ans KitKat in Berlin, das gegen dies hier allerdings die softe Version war. Etwa 35 Durchgeknallte so zwischen 20 und 60, die ungeniert jede denkbare Art Sex betrieben, jede Art von Drogen zogen, schluckten oder spritzten; die, von einem Deckentank getränkt – so ein Ding wie bei mir in der Dusche –, aus Schläuchen Alkohol soffen und über ihre Birnen rinnen ließen. Die meisten hatten keine Klamotten an und/oder waren irgendwie bemalt, konnten auch Tattoos sein. Hatte auch noch nie so viele Piercings gesehen. Frau Holle rauchte eine Zigarette und knutschte zwischen dem Inhalieren mit jemandem, während ein anderer mit seiner Zunge an ihrem Hinterteil beschäftigt war. Schätze, Bibi hatte recht, das war kein Rock 'n' Roll hier. Da packte mich Zipp schon am Arm.

»Hey, das ist mir zu irre hier unten, lass uns mal zu Holle hoch.«

Sobald wir die Tür oben schlossen und im Hausflur standen, schüttelten wir uns und hatten das verdammt gute Gefühl, überlebt zu haben. Zipp wusste von der Alten, dass der Meister in der Praxis zu finden war und jemanden behandelte. »Dem sollten wir aber schon noch guten Tag sagen.« War mir recht, denn ich war nur froh, da unten raus zu sein. Ich meine, das war einfach nicht unsere Liga. Wir waren doch im Grunde softe Typen, die anderen nicht zum Spaß wehtaten. Zipp hatte es mal auf den Punkt gebracht, als irgendeine Mieze so lakonisch fragte, was bist 'n du für einer? Da hatte er geantwortet, 'n immerhartes Weichei. Traf es irgendwie. Ich glaube jedenfalls, Bibi war auch froh. Sie konnte jetzt schon wieder ein wenig lächeln, und ihre rosige Gesichtsfarbe kehrte zurück. Nach so einem Auftritt freute man sich eben wieder auf den ganz normalen Irrsinn.

Als wir in den geöffneten, zugegebenermaßen top eingerichteten Praxisraum sahen, präparierte Doktor Holle gerade 'ne Spritze für eine Patientin, davon ging ich jedenfalls aus, die fast waagrecht im Behandlungsstuhl hing. Das Einzige, was an diesem Bild störte, war, dass der Doc nur mit einem Slip bekleidet war, aus dem die Eier oben rausquollen, während die Patientin an seinem Geschlechtsteil rumkaute.

Zipp pochte zaghaft an den Türrahmen. Holle sah uns.

»Hallöchen, Kamerad! Hallöchen! Na, alles Roger in Kambodscha?«

»Alles klar, Alter. Nur in Kenia wernse wenja«, antwortete Zipp wie aus der Pistole geschossen.

»Hier, guck dir mal meinen neuesten Siemens-Sessel an. Du musst bis Madras fahren, um so was unter den Hintern zu kriegen.« Er schnappte sich mit der freien Hand die Fernbedienung und ließ den Hightech-Zahnarztstuhl ein bisschen rotieren. Die Braut im Sessel verschluckte sich.

Zipp hob beeindruckt den Daumen und zeigte dann auf die Spritze. »Seit wann arbeitest du denn mit Lido?«

»Na hör mal, die Pumpe ist für mich!« Er bog seine Armbeuge vor. »Mit meiner Nase, du, da lass' ich kein Pulver mehr ran, Ende Banane, sonst renne ich bald mit einer Plastik im Gesicht rum.«

»Verstehe«, sagte Zipp, »wer will denn det schon.«

Holle nickte mir und Bibi zu. »Wartet mal, ich extrahiere hier noch schnell ein Würzelchen, und dann bin ich für euch da. Pflanzt euch ins Wartezimmer und raucht was oder setzt euch einen Druck.« Er lachte dröhnend und machte sich an seiner Vene zu schaffen.

»Lass uns abhauen«, raunte ich Zipp zu.

Und dann rannten wir die Treppe runter, stürzten gackernd ins Freie, warfen uns auf die Bikes und zischten los.

Mann, freute ich mich jetzt auf 'ne Tüte Schlaf, als wir wieder home waren. Zipp war auch mitgekommen und machte sich in der Hängematte lang, während er sich einen Bong gab und sich mit Blitzkrieg anfreundete. Ich zog mich mit Bibi ins Dormitorium zurück. Aber nach Sex stand mir nicht wirklich der Sinn. Ich hätte mir noch nicht mal einen runtergeholt, so platt fühlte ich mich. Obwohl – wie sie dann wieder in ihrer Schiesser-Unterwäsche so dastand …

Ich sagte ihr, jetzt siehst du mal, wo sich dein Daddy so rumgetrieben hat. Ihr Vater sei aber in Arambol gewesen, belehrte sie mich, ob wir da nicht mal langsam hinfahren könnten. Na, wenn du meinst, dass es da so anders abgeht, sagte ich. »Aber erst mal pennen wir 'ne Runde!«

»Okay!« Und dann pfefferte sie ihren Bra in die Ecke und ließ die Dinger raus. Und da fing's natürlich doch an zu pumpen, da oben und da unten. Und das Andere meldete sich wieder … Do it! Das wusste noch genau, wo wir stehen geblieben waren. Hey, hatte mich neulich mal mit meinem Mentor Zipp so zwanglos darüber unterhalten. Ich meine, wie er so über Analverkehr dachte. Zipp überlegte nicht lange.

»Arschficken? Na ja, weißte, mein alter Herr hat immer gesagt, das Happy End kommt erst zum Schluss. Der meinte damit, wenn die Alte nach sechs Kids schon ein bisschen ausufernd geworden war, dann käm's nächste Loch grad recht, schon um sich keine siebte Blage einzufangen. Aber ansonsten sag' ich mal so: anal denken, vaginal handeln.«

War doch immer gut, wenn man mit Zipp redete. Ich zog Bibi zu mir ran. Sie atmete und dampfte wie ein Ross. Mein Ständer brachte mich um.

Doch an diesem Tag ging es mal wieder zu wie am Times Square. Jetzt klingelte das Telefon! Und hörte nicht auf. Also mühte ich mich schließlich dran. War Gopi. Klang aufgeregt. Ich wollte ihn abwimmeln.

»No, brother, I'm busy!«

»Mitchell, the mother of the kid is here!«

»What kid?«

»The Ullrich.«

»Hä?«

»She is asking around with a picture of him.«

»And?!«

»Shall we warn him – or tell her? She will find him anyway.«

Ich pustete tief durch.

Gopi machte Druck. »He is a friend of you, isn't he?«

Ich rieb mir die Augen. Mochte das gar nicht, wenn so unterschiedliche Missionen an einem zerrten. Du willst das machen, und dann kommt dies, und dann willste dies machen, und dann kommt jenes. Den ganzen verdammten Tag lang. Aber in Anbetracht meiner stark schwindenden Finanzkräfte, überlegte ich so im Hinterstübchen, wäre es natürlich nicht blöd, wenn ich wenigstens mal die Unkosten vom Hals kriegte, die mir Kid Ullrich aufbürdete. Zahlte doch allen Ernstes dem sein agonisches Exil da in Arambol. Bullshit!

»No, he is not a friend!«

Gopi seufzte. »I know he is! You should tell him, Mitchell! Fast!«

Ich seufzte dann auch. »Fuck … okay!«

Dann drehte ich mich um zu Bibi, die in einer Art Duldungsstarre auf dem Bett harrte. Ich fasste ihr an die Titten und ins Höschen und kriegte ’nen Abgang. Bin mir nicht sicher, ob sie auch kam. Ich sagte jedenfalls, let’s go!

»Jetzt? Wohin?«

»Na, du wolltest doch nach Arambol, oder?«

DRRRRUGS

Da Andy offenbar mal wieder das fucking mysteriöse Weiße Haus frequentiert hatte, schienen die Jungs ’ne lange Nacht hinter sich zu haben. Die Nacht der langen Nasen, wie Zipp spöttelte, als wir mit Bibi und deren Riesenrucksack im Pury aufschlugen. Sogar Pepe geisterte schon am späten Nachmittag durch die Gegend. Senile Bettflucht nannte er das. Nach einem fetten Kabum hatte er sich jedoch beruhigt und noch mal langgemacht. Andy hatte sich schon fitgepulvert.

»Wir haben gestern zehn G niedergemacht«, stöhnte er und glotzte entsetzt in seine Pulverschatulle. »Zehn G! Fast nichts mehr da.«

»Wie geht’s Kid?«, fragte ich.

»Kid angelt von früh bis spät. Das hat er wirklich drauf. Versorgt die People unter uns mit Fisch und hat dafür freie Kost. Gar nicht so blöd, der Kleine.«

»Wir sollten mal mit ihm reden«, sagte ich. »Ich glaube, sein Muttertier sucht ihn.«

»Oh, oh«, schwante Andy.

»Yeah«, brummte ich.

Während ich mit Bibi zum Strand losmarschierte, widmete sich Zipp dem Restbestand in Andys Schatulle.

Bibi redete wie immer nicht viel, als wir Kid auch schon entdeckten, der bis zu den Waden im Wasser stand und einen Spinner auswarf. Wir wateten zu ihm hin. »Hey, Kid!«

Er freute sich wie ein junger Hund und plapperte drauflos. Wie glücklich er hier sei und dass er das alles mir zu verdanken habe und dass der Liebe Gott ihn doch lieb habe und, na ja, und so weiter eben, wie man sich halt freut, wenn das Leben doch noch ein bisschen Spaß macht. Dann stellte ich ihm Bibi vor. Dem Kid sein Gesicht hätten Sie mal sehen sollen. Das nenne ich Blitzeinschlag! Shit, jetzt werde ich auch noch zu dem seinem Pimp, dachte ich, als Bibi gleich fragte, ob sie mal seine Rute halten dürfe. Brachte es jedenfalls nichts übers Herz, seine gute Laune einzudampfen. Ich ließ die beiden Kids da unten und kehrte ins Pury zurück.

Die Jungs saßen in der Gaststube und tranken Bier. Pepe war inzwischen auch schon am Start, und Zipp hatte Pupillen wie Hosenknöpfe. Wir beratschlagten ein Weilchen, wie wir die Sache angehen wollten.

»Wär' doch ein Jammer«, sagte Andy, »wenn man den Jungen jetzt rausziehen würde. Für den ist das das letzte Paradies hier! Überlegt mal, wie es dem noch vor einer Weile ging!«

Wir nickten im Kreis. Aber man musste davon ausgehen, dass seine alte Dame ihn schnell ausfindig machen würde. Pepe meinte, dass sie ihn vielleicht gar nicht abholen, sondern nur sehen wollte. Aber unsere gesammelten Erfahrungen über Mütter ließen das eher als unwahrscheinlich gelten. Andererseits sagten wir uns, dass er schließlich erwachsen war und es demnach sein Bier wäre, wie er reagieren würde. Aber es ging ja nicht darum, ob seine Alte ihn da rauszerren würde, sondern darum, ob ER es fertigbrächte, sie wieder ziehen zu lassen. Wie wir Kid einschätzten, eher nicht. Jedenfalls kamen wir so nicht weiter und schafften unsere besorgten Ärsche nach oben auf Andys Bude, um zu sehen, ob bewusstseinserweiternde Drogen uns weiterhelfen würden.

»Wollen wir 'ne Pappe klinken?«, fragte Zipp und nestelte ein mit LSD beträufeltes Löschpapier aus der Tasche.

»So was hatte ich schon lange nicht mehr«, raunte Pepe. Und Andy meinte, dass er vor dem Zeug einen Höllenrespekt habe. So ging's mir auch. Ich meine, LSD war 'ne verdammt richtig echte Droge, so aus dem Lehrbuch. Wir dachten angestrengt nach, während Zipp das Papier, auf das noch eine Adresse, wahrscheinlich irgendeiner Mieze, gekritzelt war, als Corpus Delicti zur Schau beließ. Yeah, shit, why not?! Ich hörte schon wieder mein Hirn meckern, während das Andere mich aufgeregt anfeuerte. Do it! Ich ließ die anderen weitersinnieren, riss mir ein Fetzelchen ab und stopfte es mir zwischen die Backen.

»Yeah, shit«, sagte Andy und machte es genauso.

»Bevor ich geschlagen werde«, seufzte Pepe.

»Na ja«, maulte Zipp, »ich hab' ja gehofft, dass ihr vernünftig seid. Aber wenn's so is' …«

Yo.

Und dann palaverten wir weiter und verloren schließlich, schätze ich, das Thema aus den Augen. Das große Thema stand nämlich an: Bald war Monsun. Dann änderte sich der Lifestyle hierzulande abrupt. Dann lief alles eine Spur anders ab. Dann regnete es dauernd, dann gab es keine Touris mehr, dann spielte man Schach und onanierte viel. Das nannten wir Besinnlichkeit. Und dann kam das ewige Thema mit dem Segelboot. Im Sommer wollten die Jungs aufbrechen. Andy warf mir einen bedeutungsvollen Blick zu. Der Zipp nicht entging. Und Pepe bastelte ein Riesenrohr, damit die Pappe, wie er hoffte, eher softer einfuhr.

So nach einer Stunde wurde es langsam dunkel, so schien es mir zumindest, als wir die Kids im Gang hörten. Hey, aber die kamen nicht zu uns rein, nee, die latschten direkt durch zur Knappenkammer! Und wir Idioten klatschten uns ab. Ich merkte dann auch, wie die Pappe mich ganz schön vereinnahmte. Ich meine, Sie kennen das ja, wenn die Kiefer plötzlich anfangen, ein bisschen zu malmen, und die ganze Wahrnehmung so ein wenig ins Rutschen gerät. Und dann immer intensiver. Wie 'ne Vollnarkose, wenn man von zehn runterzählte, dann aber so bei sechs oder sieben hängen blieb. Stundenlang.

Wir hockten noch immer im Kreis, als Lawrence an die Tür klopfte. Erst mal reagierte keiner, weil sich keiner sicher war, ob er was gehört hatte. »Was war das?«, fragte Pepe unvermittelt und hob den Zeigefinger. Wir lauschten genauer. Da war es wieder. Schließlich lugte Lawrence ins Zimmer. Wenn ich mich nicht irre, hockte ein Affenvieh auf seiner Schulter.

Lawrence sagte, »Kid's mother is here! They got trouble! Maybe you can help them to calm down.«

Shit! Wir versuchten, uns anzuschauen. Was gar nicht so einfach war. Schließlich rappelte ich mich auf und ging ihm nach. Die anderen folgten im Gänsemarsch. Auf der Treppe hatte ich das Gefühl, als müsse ich dauernd Hindernissen ausweichen, hielt mich mit beiden Händen am Geländer fest und trat mit gespreizten Schritten vorsichtig auf. Die anderen waren deswegen natürlich auch sehr vorsichtig, und so dauerte es bestimmt eine Weile, bis wir unten anlangten und eine Lady, so Mitte 40, uns entgegensah.

»Das sind deine Freunde, Ullrich?«, fragte sie ihren Filius und musterte ihn streng. »Das sind deine Freunde?! Und mir schreibst du noch nicht einmal eine Postkarte, wo du steckst?! Kannst du dir vorstellen, welche Sorgen ich mir gemacht habe?«

Und der Kid, der am Nachmittag noch wie das blühende Leben ausgesehen hatte, wirkte auf einmal wieder ganz klein und blass. Und wir anderen Jungs standen da, versuchten, nicht umzufallen, und glotzten wie die Ölgötzen. Ich sah, wie der Kid mit einem riesig langen Finger auf mich zeigte und von seinem Retter oder so faselte. Dann ließ die Lady Mutter von ihm ab und wandte sich mir zu. Sie grummelte irgendwas von wegen, dass sie nicht wisse, was ich mit ihrem Sohn angestellt hätte, aber dass sie ihn nicht wiedererkennen würde. Ihr Gesicht kam mir vor wie das der Schlange Kaa aus dem *Dschungelbuch*. Ich sagte, so vollautomatisiert: »Versuch's mal mit Gemütlichkeit!«

Das brachte ihren Redeschwall dann für einen Moment ins Stocken. Aber nur für einen Moment, dann rückte sie mir bedrohlich auf die Pelle. Das brachte mich ganz schön ins Schwitzen. Sie erklärte, dass Ullrich schwerst krank sei und dringend medizinische Betreuung brauche. Ich drehte mich hilflos zu den anderen um, aber entweder hatte der Raum seine Dimensionen verändert, oder mir kam es nur so vor, als stünden sie weit weg in einer Ecke … Als wenn man durch ein umgedrehtes Fernglas gucken würde. Das machte mich sehr allein da. Und ließ mich betroffen schweigen.

Dann wandte sie sich wieder ihrem Sohn zu und verlangte, dass er augenblicklich seine Sachen packte und mit ihr in ein menschenwürdiges Hotel zog, um dann am nächsten Morgen zusammen nach Deutschland zu fliegen. Widerrede zwecklos. 'ne schöne Bescherung war das! Dazu kam das Problem, dass ich wahnsinnig Durst hatte. Wirklich wahnsinnig Durst. Ich hätte gern Lawrence gerufen oder Silvia, um irgendeine Flüssigkeit zu ordern, doch alle waren weit weg, und mein Hals fühlte sich kehlkopflos an. Sie kennen das sicher, dass man dann kurz die Panik schiebt, ernsthaft zu verdursten. Gleich neben dem Desk erkannte ich einen Putzeimer mit einem Schrubber drin. Ich meine, ich wusste schon noch, dass man so was nicht tut, aber ich konnte nicht an mir halten, mir mit der Hand etwas von dem versauten Nass zu schöpfen, um wenigstens meine Lippen zu benetzen. Oh Gott, wie gut das tat. Hey, und da merkte ich, dass der Kid schon mein Freund war. Er packte mich am Arm.

»Alles okay mit dir?«

Ich nickte zwar, war aber doch froh, als er mir einen Stuhl ranzog, auf den ich mich vorsichtig plumpsen ließ. Die neue Position veränderte auch sofort meine Schlagfertigkeit. Ich sagte zu Kids Mutter, dass, wenn der Junge medizinische Betreuung brauche, ich 'nen schwer coolen Tipp hätte:

»Baba Snoop!«

Darauf hätte ich eigentlich auch schon früher mal kommen können. Meine Kumpels, die jetzt wieder ganz nahe waren, nickten eifrig.

»Yeah, Baba Snoop«, krähte Andy.

»Yeah«, fielen auch die anderen ein. »Baba Snoop!« Und machten richtig dufte Stimmung.

Das stimmte auch! Snoop konnte 'nem Dinoweibchen Titten anquatschen. Ich meine, ich weiß nicht, ob der jemanden wirklich heilen konnte, schätze nicht, aber der konnte einen von dem Problem heilen, das man mit dem Problem hatte. Verstehen Sie? Kids Alte verstand das nicht. Tja, und wie wir's uns gedacht hatten, als wir noch denken konnten, der Kid war dabei einzuknicken. War halt seine Mama. Und wie wir Jungs so sind, geht eben nichts über Mama. Den Spruch hatten wir schon als Schüler drauf, alles Fotzen außer Mutti!

Yeah, shit. Das sind halt so die Lebensweisheiten, die von allen Seiten und Kontinenten zusammengetragen werden, wie auch Juices Heart-Hopping: Kill one pain with the next. Und die Nummer, die stimmte auch. Denn als Mom mit Kid ins Knappenkämmerlein wanderte, um seine Sachen zu holen, ruhte dort im süßen Dornröschenschlaf Fräulein Bibi, die zu meiner großen Genugtuung den oberweitenbetonenden Einteiler von Jérôme Mon Amour trug. Dass ich das noch erleben durfte! Und genau das ist der Moment, an dem sich Generationen entweder weiterentwickeln oder ganze Stammbäume verkümmern. Entweder du kriechst wieder bei Muttern rein, oder du suchst dir 'nen anderen Wirt, jetzt mal so zoologisch definiert. Wäre ich der große Poet, hätte ich die Schnittstelle beschreiben können, wie ich äußerlich und der Kid innerlich am Wanken waren. Ich konnte quasi in sein Gehirn lauschen, in dem es so zwiegespalten abging wie bei mir, wenn das Andere immer schmutzige Sache forderte, während das Hirn dagegen agitierte. Und Kid wankte wie ein angezählter Boxer, der mehr mit sich als dem Gegner beschäftigt war, während er sich schon am Boden krümmte. Doch irgendwas in ihm forderte: Steh auf!

»Nein!«, sagte Kid plötzlich und drehte sich zu seiner Mom um. Das war so 'ne Art von definitivem Nein, das man vielleicht drei-, viermal im Leben gesagt kriegt – oder sich selber sagen hört: bei den Eltern, beim Lebensgefährten, auf der Arbeit, im Krankenhaus. Denn dieses verdammte Nein in die eine Richtung bedeutete nichts anderes als ein verdammtes *Ja* in die andere. Und mit genau dieser Haltung, Freunde, und nur mit dieser, und wenn man sonst noch so ein Weichei war, konnte man den Sand der Arena betreten, das Schwert erheben und ausrufen: Ave mater, morituri te salutant!

Yep, wir waren echt stolz auf den Kid.

Wie lange noch, löcherte mein Hirn mich, willst du den Jungen aushalten? Gute Frage. Der hing jetzt jedenfalls von früh bis spät mit Bibi rum. Sie angelten oder unternahmen Schlimmeres, während ich mal zu meiner Bank nach Anjouna rausfuhr. Mein Bankinstitut war ein echtes Schmuckstück: ein Bretterverhau außerhalb des Ortes, mitten in der Blätterwüste, ein paar dürre Ziegen davor, ein Zweiradschrottplatz dahinter. Kontenführung bildete hier eher die Ausnahme. Die allermeisten Klienten waren keine Inder und hatten ihre Schätze direkt im Tresor verbuddelt. Um daranzukommen, meldete man sich am Schalter an und bekam eine Nummer zugeteilt. Dann konnte man draußen noch in Ruhe einen kiffen oder mit einem netten Menschen plaudern, bis man an die Reihe kam. Ich quatschte mit einem Schweden, der sich ganz ungeniert fragte, wieso niemand je diese Bank überfallen hatte. Es musste doch ein Einfaches sein, dies zu tun. Ich bat ihn, das zu unterlassen, weil auch meine Kohle drinsteckte. Er lachte und erklärte, es sei doch ein Scherz. Brachte mich aber schon ins Grübeln, ob man da nicht mal Ernst machen sollte. Dann wurde ich aufgerufen. Meine Nummer quakte aus einem kleinen, scheppernden Lautsprecher, der an einem Kabel unterm Dach baumelte. Ich hatte den Pass vorzuführen sowie meine Geheimnummer zu melden, die man bekam, sobald man was hinterlegte. Der Tresor war ein bisschen angerostet, aber gut zwei Meter hoch. Er schien relativ stabil zu sein und war bis unters Dach vollgestopft mit Geld, Papieren und Drogen. Ich hob ein-, zweimal im Jahr so 50 Mille bei der Bank of India in Bombay ab, tauschte die dann in Travellerschecks um und bunkerte sie hier. Hey, 1994 konnte man ein paar hunderttausend Dollar ohne weitere Nachfragen von der Sparkasse Berlin zur Bank of India überweisen. Shit, versuchen Sie das heute mal! Na ja, die Großbank war inzwischen geplündert, und hier lagerten auch nur noch Krümel. Ich nahm ein paar Hunderter raus, tauschte sie in Bargeld um und beschloss, mir zur Belohnung ein anständiges Frühstück im Orgasmic zu gönnen.

Im Orgasmic Café war der Gegensatz Programm. Zwar nicht ganz so grün angehaucht wie die German Bakery, aber doch eher Biofood als die Standardschweinereien der meisten Läden im Umkreis. Wenn man wollte, bekam man auch Zwiebelmüsli. Treffpunkt internationaler Inkarnationen, Reinkarnationen und Dividuen. Hey, individuell war doch jeder Idiot! Ich unterhielt mich mit dieser Lady aus Bonn, so in meinem Alter, die zwar gut aussah, aber *Pulp Fiction* dumm und brutal fand; fand es völlig doof, wie Mia Wallace das vergiftete Heroin schnupfte und so weiter. Ich erklärte ihr geduldig, dass es sich keineswegs um vergiftetes Heroin, sondern im Gegenteil um astreines Heroin gehandelt hatte, welches angeblich im sächsischen Harz veredelt worden war und von dem Pusher Lance als purer Wahnsinn vertickt wurde. Der Punkt war, dass Mia Wallace eben dachte, es sei Kokain. Und sich das Gegenteil dessen ins Hirn pfiff, was sie erwartet hatte. Ich weiß nicht, ob Bewunderung oder Unverständnis aus ihren Worten sprach, als sie konstatierte, dass ich den Film wohl auswendig kennen würde. Das sah sie völlig richtig.

Well, im Winter '95 hatte ich mir nachträglich selber das beste Weihnachtsgeschenk meines Lebens gemacht: *Pulp*

Fiction! Dieser Streifen sollte mein Leben verändern, soweit dies möglich war. Es war zwar nicht die Premiere, doch er lief erst seit einigen Tagen, und die Presse war voll des Lobes. Die Bombayer hatten einfach ein Gefühl für großes Kino. Zuerst mal erhob sich das Publikum, und die Nationalhymne wurde gesungen: Jana, Gana, Mana! Es beginnt mit *Herrscher über den Geist des Volkes* und endet mit *Heil dir, heil dir, heil dir.* Fast hätte ich den Arm gehoben. Beim ersten Mal sah ich *Pulp Fiction* im Original mit Hindi-Untertiteln, später dann direkt auf Hindi. Es war ein derartig einschneidendes Erlebnis, dass ich beschloss, von nun an jeden ersten Mittwoch im Monat im Bollywood Theatre vorbeizuschauen und mir *Pulp Fiction* reinzutun. Das tat ich dann auch. Es war irgendwie ein sehr erwachsenes Gefühl, so etwas wie einen festen Termin zu haben. Wenn mich einer fragte, willst du Mittwoch auf 'ne Koksparty kommen oder so, dann sagte ich, nee, Mittwoch muss ich nach Bombay, da spielen sie um neun *Pulp Fiction* im Bollywood Theatre. Zwei Jahre lang zog ich das Programm durch, aber irgendwann reichte es mir. Ich schätze aber mal, sie spielten es immer noch.

Und dann wollte die Braut tatsächlich wissen, was mir denn an dem Streifen und besonders dem Dealer Lance so imponierte. Shit, da konnte man nur den Kopf schütteln. Kapierst du nicht, Baby, Dealen ist einfach fucking geil! Ein geiles Business. Keine Steuern! Gegen das scheiß Establishment, einfach nur freaky wild! Aber nur wer das verstand, konnte Meisterwerke wie *Pulp Fiction* wirklich verehren. Man merkte einfach, dass dieser Tarantino nur Filme drehte, um nicht selber durchzudrehen, aus dem gleichen Grund, weswegen ich Joints drehte. Die besten Dinger dreht man einfach selber. Ehrlich, ich hätte gern gedealt, aber ich hatte Schiss. Schiss, eines Tages in einem Kotwalla zu landen und vor den Uniformierten die Hosen runterlassen zu müssen. Ich wollte alles, nur nicht in Indien im Knast landen. No way!

Ich kam ja überhaupt nur darauf, weil ich der Braut den Vorschlag gemacht hatte, ins Kino zu gehen, weil sie nicht an den Beach wollte, oder jedenfalls nicht mit mir. Anschließend, versprach ich ihr, könnten wir im Taj Mahal nächtigen. Wollte sie auch nicht. Alright, war auch gut so, denn ich musste mich erst langsam dran gewöhnen, die Kohle nicht mehr mit vollen Händen aus dem Fenster werfen zu können. Ich musste mich langsam wieder daran gewöhnen, kleinere Brötchen zu backen. Ich musste mich langsam wieder daran gewöhnen, ein Habenichts zu sein. Ein unerfreulicher Gedanke, den ich, sobald er aufsurrte, sofort wie ein lästiges Insekt erschlug. Na gut, sagte ich, dann lass uns doch einfach zu mir gehen. Da reichte es ihr. Sie meinte, dass, wenn ihr der Sinn nach alten Männern stünde, sie das schon sagen würde.

Schon komisch, was? Sobald der Finanzpegel zu sinken begann, wurde man auch gleich älter, obwohl, zumindest nach meiner Rechnung, nur die Lebenserwartung ein wenig nach unten korrigiert werden musste. Was bei einem Shortstand doch völlig egal war. Yeah, shit, vor zwei Jahren konnte ich einer widerspenstigen Lady noch ganz schön Druck machen. Zum Beispiel offerieren, ihr einen Motorroller zu kaufen. Jetzt konnte ich im besten Fall noch widerwillig Analverkehr anbieten. Davon wollte die aber auch nichts hören. Dabei ließ sich die Spur zur Erlangung dieser Technik genau bis in diesen Schuppen hier zurückführen. Ich glaube, es war sogar der gleiche Barhocker, nur mitten in der Nacht, auch ungefähr zwei Jahre her. Yeah, Mann, das waren Zeiten! Zeiten, in denen man selber angebaggert wurde.

Das war diese Jüdin. Sie war 15 Jahre jünger als ich und hatte 100 Jahre mehr Erfahrung auf dem Buckel. Ich kam, sah und war verloren. Sie. Shiri! Mein prüdes Kennenlernprogramm mit Humor und taxi need und so zog nicht die Bohne. Das Tier hatte mich gleich am Schlawittchen. Sie schob ihren Schoß an meine Unterkeule und zischte durch die Zähne. »I loooooove sex on the beach! – Hey, ugly, you like to fill me up?«

Was war das jetzt? Versteckte Kamera, oder hatte die zu viel Bacardi-Werbung intus? Die sah einfach zuckersüß aus, 'ne Haut wie 'ne junge Olive und 'n Duft wie 'ne reife Aprikose.

Ich orderte einen Sex on the Beach, 'n Longdrink, der mit einem Riesenstrohhalm und 'nem Pfund Gemüse obendrauf ankam.

Sie süffelte und stieß mich mit ihrer harten Leiste.

»I want you to fuck me! I want you to fuck me in every hole of my body! You like my body?«

Sie streckte mir ihre kleinen, stahlharten, mit 8-mm-Vollmantelnippeln versehenen Titten ins Gesicht. Einerseits wurde ich so geil wie ein Maultier, das der besten Schimmelstute im Stall zugeführt wird, andererseits schrumpfte meine Prostata, als wäre mir der Kühlstab aus Reaktorblock 4 eingeführt worden. Mir ging der Arsch auf Grundeis, wie es dem Landser wohl eingefallen wäre. Ich war es einfach nicht gewohnt, dass die Ladies ungefragt auf mich zukamen. Manch eine fühlte sich bei mir an eine Mischung aus Steve Buscemi und Charles Bukowski erinnert. Rein optisch, wohlgemerkt. Was ja eigentlich auch 'ne Frechheit war. Ihr aber, glaube ich, gefiel meine dumme Fresse, die im Zustand der Verwirrung sicher noch an Attraktivität gewann. Sie lachte herzlich mit ihren kleinen, bissigen Zähnchen und schob mir ihre kühle, spitze Zunge in den Mund. Aber was war da nicht ganz koscher? Ganz einfach, wenn man nicht 'nem schwedischen Adelshaus entsprang oder Daddy die Haute Couture eines Markenlabels repräsentierte, dann bekam man solche Fuhrwerke einfach niemals zu Gesicht. Nicht mal im Fernsehen. Und schon gar nicht leibhaftig vor die Flinte. Und noch verrückter war, dass diese schillernde Perle des Nahen Ostens null Interesse an den Typen hatte, für die sie programmiert schien. Die wollte einfach so einen Bauern wie mich. Einfach so einen Dummfick, der ihren Glanz mit ein bisschen Patina auf Retro veredelte. Konnte ich ihr weder verübeln, noch wollte ich es ihr ausreden. Obwohl mich schon ein gewisses Misstrauen packte.

Hallo!

Shiri war zwar unglaublich schön, aber unangenehm frech und extrem gewalttätig. Sie nahm meinen Kopf und hieb mir ihr Knie ins Gesicht. Das war Nasenbeinbruch Nummer eins. Sie brach mir den kleinen Finger, weil ich mich weigerte, laut und deutlich I love you zu sagen. Sie drosch mir ihren Ellenbogen in die Fresse, weil ich nicht zugab, ein Nazi zu sein. Sie rasierte ihre Muschi, und ich sollte den Hitlergruß dazu machen, oder es würde was setzen. Okay, das tat ich dann lieber mal. Ich entwickelte eine derartige Angst vor dieser Frau, dass ich Zipp auf sie ansetzte. Ich fädelte es so geschickt ein, dass er nichts ahnte. Aber ich wusste ja, dass er immer davon schwadronierte, wie er seinen Mädchen ganz gern einen Klaps mit dem Holzhammer verabreichte. Ein bisschen Aua erhöht die Sensibilität, war sein Motto. Und ich ließ die beiden allein in meinem Haus, während ich mich auf einen Rave verkrümelte. Ich war geil auf verklemmten Sex. Auf irgendein Mädel, das sich arglos umkreisen und vaginal niedersnipern ließ. Weiß nicht mehr, wie dieses Unterfangen an jenem Tage ablief, aber als ich nach Hause kam, hatte Zipp Shiri nicht etwa den Kopf gewaschen. Stattdessen hatten sie meine Drogenvorräte vernichtet und führten gaskranke Debatten mit Wolfgang Botanicus Columbus. Der hatte sich offenbar zu einer Lachpille überreden lassen und faselte literweise ostigen Dünnschiss.

Ich musste diese Frau loswerden, bevor sie mich eines Tages noch totschlug. Ich meine, ich bin ja nicht so schwach oder unsportlich, aber die hatte bei der Militärausbildung, die sie gerade hinter sich gebracht hatte, Krav Maga gelernt, wo du einfach keine Chance hast. Dabei hätte ich es wissen müssen, denn es war allgemein bekannt, dass man bei den Jüdinnen aufpassen musste, besonders bei denen, die sich vom Armeeschlauch erholten. Die kriegten dann meist nach drei Wochen 'ne postdepressive Phase und erklärten einen für 'nen Palästinenser. Als wir mal in Bombay waren, entdeckte ich in einem Molukkenstore einen Gebetsteppich für Muselmanen. Da hatte ich die Idee, mir so ein Ding anzuschaffen, Pakistan Radio einzuschalten und, wenn der Muezzin zum Gebet rief, meinen Teppich auszurollen, mich auf die Knie fallen zu lassen und den Arsch gen Westen zu schwenken. Was ihr aber völlig schnuppe war und sie nur auf die Idee brachte, mich mit einer Salatgurke zu penetrieren. Das ließ ich mir natürlich nicht gefallen und rannte aus dem Haus.

Shiri machte in Klamotten. Kaufte unifarbene T-Shirts in Bangladesch und belabelte sie mit *Uzi-Ware.* Die Kreationen zum Aufdrucken machte sie per Hand. Ich beschloss, ihr zu helfen. Wir schafften uns Desktop-Publishing an: einen Mac II, QuarkXPress und FreeHand. Damit machten wir die Outlines doppelt so schnell. Als ich nicht mehr mit ihr zusammen war, hatte ich immer noch den Mac, der inzwischen acht MB Hauptspeicher hatte, was für die damalige

Zeit und die Location der Hammer war. Tat jedenfalls gut, mal wieder ein bisschen was zu tun.

Davon abgesehen mochte Shiri kein totes Fleisch. Sie befahl mir, auch keines mehr zu mögen. Solange ich ihr Fuckbody (so nannte sie mich gern) war, hatte ich gefälligst clean zu bleiben. Denn sie vertrat die Ansicht, dass vernünftige Menschen Vegetarier waren.

»Like the Führer«, grunzte ich.

»What?«

»Hitler! Hitler also was vegetarian!«

»Nonsense! Hitler was mad!«

»Like all vegetarians!«, lachte ich.

»You wanna say that all vegetarians are mad?«

Sie flappte mir mit dem Handrücken vor den Solarplexus. Ich rang um Luft.

»Fuck, no! Just a little indicator for madness!«

Dann lachte sie und nestelte an meiner Hose rum.

Ich musste das noch eineinhalb Monate aussitzen, bis sie dann von selber verschwand. Und mir zum Abschied noch mal kräftig die Eier drückte.

»I'll be back, Fuckbody!«

Aber jetzt, zwei Jahre später, sagte niemand mehr schmutzige Sachen zu mir, verdammt. Jetzt musste ich mich mit einer frigiden Nuss aus Bonn abplagen. Die konnte mich mal. Ich schwang mich aufs Bike und knatterte zum Flughafen nach Panjim. Nur um zu sehen, ob wenigstens meine unfehlbare Masche noch zog. Und siehe da, an diesem Tag blieb ich glücklos. Ich kehrte also heim, gab mir einen Mordsbong, dokterte noch ein wenig an Lego rum und tankte dann Energie, indem ich mich schlafen legte. Hey, das klappte noch. Das klappte schon immer. Mir konnte die Scheiße bis zum Hals stehen, um mich rum konnte alles in

Trümmer zerfallen, ich schlief ein wie ein Baby. Im Übrigen war ich diesmal so schlau, nicht darauf zu warten, bis ich ganz pleite war. Ich musste mir nur ein paar Unkosten vom Hals schaffen und beschloss, Columbus zu feuern. Und dem Kid musste ich auch langsam mal sagen, dass er gefälligst bald sterben oder sich verdammt noch mal selbst um sein Leben kümmern sollte. Außerdem hatte ich diesmal massiv vorgesorgt.

Ich hatte *investiert*!

WHITE HOUSE

Monsun war langsam angesagt, und Pepe feierte seinen 65er. Den Abend davor hatten wir uns schon etwas aufgewärmt, um die richtige Form zu erreichen. Denn niemand wollte schlappmachen und etwas von den Naschereien verpassen, die wir in einer anständigen Kollekte zusammengetragen hatten. Ich erwarb bei Macky so 20 oder 30 Finger. Überdies hatte er Opium im Angebot, was man sich ja auch nicht alle Tage gönnte. Da nahm ich auch mal was mit. Außerdem war Macky mal wieder in Höchstform gewesen. Der hatte so diese Tics im Hirn, und wenn die losbrachen, konnte er ganz schön ausfallend werden. Obwohl er eigentlich ein echt netter Kerl war. Aber er konnte nichts dagegen tun. Außer THC zu sich nehmen. Ich hatte ihn im Penny kennengelernt, wo er mit einer anderen Knalltüte am Fenny-Zechen war. Doch plötzlich wurde er laut. Aber so richtig laut. Zipp stieß mich an und sagte, gleich geht's ab, Alter. In der Tat. Macky vermisste offenbar plötzlich sein Motorrad.

»Die verfickten Schlitzaugen haben mein verkacktes Bike geklaut!«

»Das sind keine Schlitzaugen«, sagte sein Kumpel, »das sind Inder.«

»Die verfickten Schlitzaugen haben mein verkacktes Bike geklaut! Wenn ich einen von diesen beschissenen Reisfressern damit erwische, reiß ich ihm die Augen raus!«

»Komm vom Baum, Macky! Du hast dein Bike bestimmt irgendwo abgestellt und weißt nicht mehr, wo.«

»Ja, du Fotze? Und wo?!«

»Das weiß ich doch nicht!«

»Dann halt dein beschissenes Scheißmaul, du vorlauter Drecksjude!«

»Ich bin kein Jude!«

»Ein bekotzter, schlitzäugiger Scheißjude bist du! Bestimmt hast du mein Bike selber verhökert. Dir trau' ich alles zu.«

»Leck mich doch!«

»Eher leck' ich 'n Mongolenarsch.«

»Willst du ein Bier?«

»Was ist das? Schlitzaugenbier?«

»Kingfisher.«

»Na ja, die Scheiße kann man saufen. Her damit!«

Er schüttete das Bier in den Schlund. Dann warf er die leere Flasche auf die Straße und rülpste ausgiebig.

Zipp und ich sahen uns an. Ich kratzte mich am Kopf.

»Was ist das denn für ein netter Pursche?«

»Macky.« Zipp lachte. »Aus Pochum. Hat die besten Es und die beste Pappe im Landkreis Chapora. Sonst hätt' ihn schon längst einer ausgemacht. Komm, ich stell' ihn dir mal vor.« Und so lernte ich Macky kennen, der außerhalb der Tics scheißfreundlich war.

Macky erzählte mir mal selber, dass er unter dem Tourettesyndrom litt. Mir sagte das damals gar nichts. Für ihn war es aber der Grund auszuwandern. Er hatte keine Lust darauf, dass Familie, Freunde und Arbeitskollegen ihn halt akzeptieren mussten. Er war in einer Bank angestellt und konnte es sich auch nicht leisten, den ganzen Tag bekifft zu sein, denn offenbar war THC das Einzige, das gegen seine Tics half. Es war ja nicht nur das verbale Ausflippen, er hatte auch so spastische Zuckungen und verschüttete oder zerdepperte in einer Tour etwas. Er wohnte draußen in der Nähe von Morjim.

Deswegen hing er viel bei Howi rum. Von dessen Bruder, der angeblich Beamter in der Fischereibehörde war, hatte er eine kleine, einsame Hütte in Strandnähe bekommen. Dort juckte es keinen, wenn er austickte. Seinen Lebensunterhalt verdiente er sich mit Pillenverkaufen. Soviel ich weiß, stellte er die sogar selber her. Jedenfalls war Howis Bruder, den ich nie kennenlernte, Chemiker. Da konnte man zwei und zwei zusammenzählen. Aber mir war eh egal, woher das Zeug kam, Tatsache war, dass man bessere Qualität nicht kriegen konnte. Wenn er irgendwo auftauchte, war er gleich von zappligen Usern umringt, die ihm das Drei- und Vierfache davon zahlten, was die Pillen sonst kosteten. Der machte ganz gut Geld. Na, der konnte im Gegensatz zu mir eben rechnen. Am liebsten war es mir aber, wenn ich ihn allein traf. Denn wenn du mit einem Typen zusammen ausgehst, der dauern explodieren kann, dann bist du selber auch nie wirklich relaxt.

Oft, wenn ich nach Arambol fuhr, machte ich einen Abstecher zu ihm. Manchmal hockte er im Lotussitz an der Gischt und meditierte gegen seine Tics an. Meist aber wandelten wir am Küstensaum entlang und quatschten. Immer über Frauen. Mit ihm konnte man die Machoschiene fallen lassen. Was mir ganz gut tat, denn er war das Gegenteil von mir. Und ich meine jetzt nicht deswegen, weil er verdammt gut aussah. Aber mit meinen Scheißtics, sagte er dauernd, vergraule ich jede Frau. Er wünschte sich nichts mehr, als mal ein paar Wochen ganz normal zu sein, damit die Ladies sehen konnten, wie er wirklich war. Aber gerade wenn er eine kennenlernte und deswegen aufgeregt war, fing es an zu zucken. Ich riet ihm, es so zu machen wie die Versicherungsvertreter. Die arbeiten nach dem Gesetz der großen Zahl. Irgendwann würde er eine finden, der es egal war. Aber das hatte er eben nicht drauf. Er hatte sogar mal meinen Taxitrick ausprobiert. Muss 'ne coole Show gewesen sein: Lady, taxi need? Stupid cunt!

Nee, so ging das nicht. Aber er glaubte, ich sei beim Anbaggern cooler, weil ich mich nicht verlieben wollte. Da lag er falsch. Der einzige Unterschied war, dass ich gegen meine Sehnsucht durch Wahllosigkeit anging, während er dies durch Kiffen tat. Und wenn ich einen als Kiffer bezeichnete, dann hatte er diese Auszeichnung auch verdient. Ich müsste eigentlich sagen THC-Konsument, da er Nichtraucher war. Er spritzte sich reines THC, das er mit seinem Labor-Buddy extrahierte. An so 'nem gewissen Tag hatte ich es auch ausprobiert, obwohl ich eine Phobie gegen Spritzen hatte. Der Turn ist der Hammer, sage ich Ihnen. Es kommt nicht langsam, sondern sofort. Du drückst den Kolben runter, und im nächsten Moment bist du komplett stoned.

Mit Macky konnte man reden, ohne das Gefühl zu haben, man müsse sich aufplustern. Er war auch der Einzige, dem ich mein Sonia-Problem anvertraute. Das war sonst mein großes Geheimnis. Er munterte mich auf, alle Probleme mit Indien, Familie und so weiter zu vergessen. Ich solle einfach hingehen und ihr meine Liebe gestehen. Ihr so ganz old fashioned einen Antrag machen. Gucken, was passiert. Das war der Abend, als ich mir bei ihm einen Haschdruck setzte und bei ihm nächtigte, weil ich nicht mehr geradeaus laufen konnte. Macky sagte, Mann, du kannst doch nicht immer nur von etwas träumen und es dann niemals tun! Da hatte ich plötzlich das Gefühl, ich würde in der gleichen Scheiße hocken wie in der Traumfabrik in München-Geiselgasteig. Nur, damals besaß ich die Eier, dann irgendwann doch aufzustehen und zu tun, was ich begehrte. Und wenn ich bedachte, dass ich auf 'ne Art wegen Sonia überhaupt hiergeblieben war, war es doppelt grotesk, dass ich nichts unternahm. Aber ich vermutete, dass zur Verwirklichung der wahren Träume immer zwei gehören. Es reichte nicht, allein die Augen zu öffnen.

Macky war richtig berührt. Doch das brauchte er nicht zu sein.

»Aber weißt du was, Macky? Ich glaube, sie war immer nur ein McGuffin.«

»Was ist das?«

»Das benutzen sie oft in Filmen. Es geht um was unglaublich Wichtiges, wie in *Pulp Fiction* der Koffer, den Jules und Vince bei den Jungs abholen. Aber kein Mensch hat je erfahren, was in dem Koffer war. Trotzdem ging es darum. Verstehst du? Der Scheißkoffer war nur ein Vorwand, um die ganze Geschichte ins Rollen zu bringen.«

»Verstehe. Und wann ist dir das klar geworden?«

»Das war mir schon immer klar.«

Macky grübelte. Dann sagte ich, hey, ich probier' jetzt doch deine Masche aus.

Und er zog die Pumpe auf.

Haluk steuerte jedenfalls zu Pepes Geburtstag ein Körbchen Hallowach 500 bei, und Andy wollte am frühen Abend dann noch ins Weiße Haus düsen. Dem großen Geheimnis von Arambol. Ich hatte es nie herausgefunden oder kannte jemanden, der wusste, wo es war oder wer dahintersteckte. Einmal war ich Andy sogar heimlich gefolgt, doch der wechselte allen Ernstes das Fahrzeug. Es musste also ein verdammt großes Geheimnis sein. Zipp vertrat hinter vorgehaltener Hand die Ansicht, dass Andy es selber irgendwo bunkerte. Dieses konspirative Gespräch hatten wir erst ein paar Tage vorher geführt, als wir hinter Morjim mal wieder Schildkrötenallerlei verdrückten. Es war ein langer, wunderlicher Tag, weil wir uns eine Menge zu erzählen hatten und noch so einiges erleben sollten. Irgendwann fragte mich Zipp so apropos, als wir über das Weiße Haus sprachen, ob ich jemals Andys Boot gesehen hätte. Hatte ich nicht. Ich hatte mir überhaupt noch nie Gedanken gemacht, wie und wo man so einen Kahn überhaupt bauen und vom Stapel lassen konnte.

»Zeig' ich dir«, sagte Zipp.

Kaum dass wir uns mit Turtle-Snack den Bauch vollgeschlagen hatten, fuhren wir Richtung Norden über Arambol hinaus, an den nördlichsten Zipfel Goas.

Nachdem wir den Terikhol River bei Querim mit der Fähre bezwungen und das Fort Terikhol hinter uns gelassen hatten, kamen wir abseits jeder touristischen Aktivität an eine Fischerbehausung. Aber so richtig am Arsch der Welt. Hier gab es nur Fischer, Sand und Wellen. Und 'ne kleine ehemalige Bootsreparaturwerkstatt der Marine, die aber schon seit den 40er Jahren verwaist war. Und man kann sich wohl vorstellen, wie die Fischersleute, die in der Werkstatt vermutlich allen möglichen Angelkram gebunkert hatten, jubelten, als eines Tages so ein Freak anschlurfte und das Ding anmietete. Aber es war halt überall so, dass man nie wissen konnte, was die Götter für Pläne mit einem hatten.

Ich wunderte mich auf jeden Fall, wieso Zipp den Schlüssel für den Schuppen besaß, der mit einem extrafetten Kettenschloss gesichert war. Tsss, wie simpel manche Erklärungen doch sein konnten: Er hatte sich den Schlüssel, während die Spezialagenten im Nachmittagskoma lagen, mal ausgeliehen, wie er das nannte, und nachmachen lassen.

»Und weißte auch, warum, Atze?«

Ich hatte keinen Schimmer. Zipp fummelte am Schloss rum.

»Weil wenn die Vögel mal irgend 'n krummes Ding vorhaben sollten, dann hab' ich was in der Hand! Und dabei werf' ich mein Schutzmäntelchen besonders über dich, Freundchen.«

»Was sollen die denn für 'n krummes Ding vorhaben?«

Zipp ließ den Schlüssel wieder sinken.

»Na, Alter, denk doch mal nach. Typen, die 'n Zentner Heroin nach Australien schippern wollen, was meinste wohl, zu was die sonst noch so fähig sind?«

Das versetzte mir einen richtigen Stich, weil ich nie an so was gedacht hatte.

»Na, das liegt eben daran, dass du dich in Psychologie nicht auskennst«, zischte Zipp, »hab' ich dir schon mal gesagt. Du darfst nicht glauben, dass, bloß wenn ein paar alte Säcke kiffen, die nicht auch dazu imstande sind, ganz abgefuckte Sachen zu unternehmen.«

Ich geriet ins Grübeln. Zipp klopfte mir auf die Schulter.

»Ich mein', ich mag diese Arschlöcher echt gerne, aber ich bin's dir schuldig, mal darauf hinzuweisen, weil ich dich ja da angeschleppt hab'. Wie viel haste denn da überhaupt investiert?«

Ich tat auf unschuldig. »Haben sie dir das gesagt?«

»Zu was denn? Ich bin doch nicht doof!«

»50 Mille«, sagte ich.

Zipp klappte der Kiefer runter. »Sag mal, bist du komplett behämmert?«

»Wieso? Ich krieg 200 dafür raus, besser geht's doch nicht!«

Er tippte sich an die Stirn. »Mann, du Vollidiot, wenn die Typen 50 Mille in die Finger kriegen, dann brauchen die nicht mehr nach Australien, verstehste?!«

Jetzt klappte mir der Kiefer runter. So hatte ich das noch nie gesehen. So wollte ich das auch nicht sehen. »Quatsch!

Ich kann mir nicht vorstellen, dass die mich bescheißen wollen.«

»Wer sagt denn, dass die dich bescheißen wollen? Klar wollen die nach Australien. Aber die versuchen in erster Linie mal zu überleben, egal wie.«

Zipp schloss kopfschüttelnd den Schuppen auf und knipste das Licht an. Yo, das Boot hatte schon was. Kenne mich mit so was nicht die Bohne aus, machte mir aber einen ziemlich fortgeschrittenen Eindruck. Der Rumpf ruhte auf einem Holzgestell über der Arbeitsgrube. Ein Haufen Kleinteile und Armaturen flogen zwar herum, schienen aber bloß noch eingebaut werden zu müssen. So, wie ich das sah, fehlte hauptsächlich noch die Takelage.

Zipp klopfte an die Außenwand. »Die haben hier einen doppelten Boden eingebaut. Selbst wenn die vom Zoll gefilzt werden, muss man das Ding schon aufs Trockendock hieven. Alter, der Andy kann schon was. Der bastelt da jetzt seit fünf Jahren dran rum.«

Ich war beeindruckt.

»Und Pepe?«

»Pepe?! Der ist zu blöd, 'n Papierschiffchen zu falten. Der is' eben sein Partner.«

»Aber der muss doch auch 'ne Funktion haben.«

»Na klar! Mal abgesehen davon, dass die die besten Kumpels sind … Der hat das H besorgt!«

Ich kratzte mich am Kopf. »Du meinst, die haben das Zeug schon?«

»Ja sach mal, Alter«, grummelte Zipp, »du bist ja noch dämlicher, als ich dachte! Wenn man schon keine Kohle hat, das Schiff zu Ende zu bauen, wie will man dann Smack kaufen, hä? Is' doch klar, die haben das schon längst, deswegen brauchen sie ja das Boot.«

»Kapier' ich nicht«, sagte ich. »Wieso verkaufen sie es nicht hier? Gibt doch genug Kunden.«

Zipp seufzte so tief, als rede er mit einem Schwachsinnigen.

»Also, irdisch gesehen ist es mal so, dass nirgendwo auch nur annähernd so viel bezahlt wird wie in Australien. Und regional betrachtet ist es so, dass Heroin, mein junger Freund, von der Paki-Mafia nach Goa geschleppt wird, wo es die Juden verschneiden und die Itaker verkaufen. Und sonst niemand, klaro? Bei Hasch oder sogar bei Koks, da kannste ein bisschen mitmischen, aber bei H, Junge, da gibt's 'ne starke Bande zwischen Käufer und Verkäufer. Weil wenn ein Süchtiger nicht mehr auftaucht, dann is' er abgekratzt, oder ein anderer verkauft ihm was. Und dann kommen die Jungs und kriegen raus, von wem er das hat. Und der, der ist dann im Arsch.«

Ich blies Luft aus.

Zipp starrte mich an.

»'91, Alter, da kamen mal ein paar Franzmänner hier an, die wollten das Business an sich reißen. Knallharte Schweinehunde. Ehemalige Söldner mit Vietnam-Connection, die quartierten sich in Palolem unten ein. Aber eines Morgens sind fünf oder sechs von denen ohne Kopf aufgewacht. Seitdem is' Ruhe.«

Ich hockte mich auf eine Apfelsinenkiste. Irgendwie war mir verdammt mulmig auf einmal. Denn ich hatte die Kohle ja nicht investiert, weil sie mir zu den Ohren rauswuchs, sondern, im Gegenteil, weil die Finanzen immer knapper wurden. Es war ja schon eine Weile her, dass ich Geld verdient hatte. Und die Rechnung, die ich mir ursprünglich aufgestellt hatte, nämlich so 1000 im Monat, die ich verbrauchen würde, hätte mich über 80 werden lassen. Aber das mit den 1000 im Monat haute eben nicht hin, und ich musste meine Lebenserwartung sukzessive nach unten korrigieren. Ich durfte jetzt schon nicht viel älter werden, als ich war. Deswegen hätten die 200 Mille, die mir von den Spezialagenten in die Hand versprochen wurden, meine Lebenserwartung explosionsartig wieder nach oben katapultiert. Andererseits wäre der Verlust der Kohle ein Schlag genau ins umgekehrte Kontor gewesen. Viel weiter als bis zum Herbst oder Jahresende wäre ich dann nicht mehr gekommen. Und das hätte bedeutet: back to reality. Allein der Gedanke, nach Berlin zurückzukehren, wo jetzt die meisten meiner Kumpels verheiratet waren oder sich sonst wie ein sicheres Nest gebaut hatten, war erschütternd. Vermutlich würde ich höchstens noch im Café M ein paar Zurückgebliebene treffen, die es auch nicht gepackt hatten. Bullshit! Deswegen war das jetzt so ein radikaler Abtörn.

Verstehen Sie?

Dennoch, weil ich ja ein stets positiv denkender Mensch zu sein bemüht war, sagte ich mir, das sei ja alles nur Omenschieberei von Zipp. Schließlich ging es mich nichts an, wie und womit der Operator mein Geld vermehrte, wenn er es nur tat. Da unterschied ich mich von keinem anderen Investor der Welt. Und vielleicht war Zipp ja nur deswegen sauer, weil er eben nicht in dem Deal mit drin hing. Hey, jetzt hatt' ich's! Klar war der sauer. Ich meine, wenn ein Mittelsmann einen Geldgeber und einen, der das Geld vermehrt, zusammenbringt, dann steht ihm natürlich 'ne anständige Provision zu. Und es war verdammt kein Geiz, wieso ich noch nicht auf die Idee gekommen war, ihm das anzubieten. Ich war eben nie so der Geschäftsmann in dem Sinne.

»Ey, und damit ich's nicht vergesse, Zipfel«, begann ich, »kriegst du natürlich 20 Prozent Provision, sobald der

Re-Invest angerubelt kommt. Ich wollte da aber nicht drüber quatschen, weißte, bevor's amtlich is'.«

Aber Zipp hing selber so seinen Gedanken nach und hörte gar nicht richtig zu.

»Was sachste?«

»Ich sagte …«

»Halt mal's Maul«, fuhr er mir dazwischen, »ich muss mal was nachdenken.«

Ich hielt's Maul und sah ihm beim Nachdenken zu, bis er den Kopf hob und mich straight anglotzte.

»Also, Alter, was willste jetzt unternehmen?«

Ich hob die Schultern. »Wie, was soll ich denn jetzt unternehmen?«

»Ja, nu' frag dich doch mal, du Weichbirne, falls das gar kein H ist, was die verscherbeln wollen, wo du hier eigentlich bist!«

Ich verstand die Frage nicht, ich hasste so diesen Suggestivscheiß. »Geh mir doch nicht auf den Keks, Atze! In 'nem Bootsbauschuppen eben.«

Zipp schüttelte die Glatze und sah mich mitleidig an.

»Du bist und bleibst eben 'ne Schreibnutte, die det wahre Leben einfach nicht auf die Reihe kriegen will, wa'?!«

»Ach, fick dich selber, du …«

Zipp lachte, legte seinen Arm um mich und zog die Elle an. Das war, als ob einen 'ne Boa würgte.

»Weißte, Spatzi, jetzt sag' ich dir mal, was das hier für 'n Schuppen is'.«

»Nicht der Bootsbauschuppen?!«

»Doch, der Bootsbauschuppen auch …«

Ich dachte schwer nach. »Und was noch nebenbei?«

Zipp zog die Elle noch enger an.

»Nebenbei?! So ganz nebenbei, mein lieber Junge, ist das hier das gute … alte … Weiße … Haus!«

Fuck me!

Ich bebte. »Weißt du das, oder …?«

»Ich kombiniere«, schnippte Zipp. »Alles andere macht ja keinen Sinn. Der hat doch gar nicht das Geld für so viel Pulver, wie der verballert!«

Ja, kam mir auch sinnvoll vor. Zipp verschränkte die Arme und blickte mir ausführlich in die Augen. Ich verschränkte ebenfalls die Arme und hielt seinem Blick stand. Ein Weilchen verharrten wir so und tickten. Beinahe synchron glitten unsere Blicke dann an dem schnittigen Schiffsrumpf runter bis zum Kiel – und dann noch tiefer, bis ins Loch.

»Entweder haben wir es mit Heroin oder mit Kokain zu tun oder mit beidem«, sagte Zipp.

Wir krabbelten in die Grube runter und untersuchten die Wände und den Boden dort. Wir waren uns sicher, dass das Zeug hier sein musste. Aber wir fanden nichts. Und dann hatten wir die super Idee. Vielleicht hatten die es bereits im Boot versteckt, in der doppelten Wand! Das musste es sein! Also nahmen wir uns den Bootstorso vor, der überraschend schwer war. Wir checkten Span für Span, Fuge für Fuge, Planke für Planke – aber nichts. Wir fanden keinen Anhaltspunkt, wo sich die Wand öffnen ließ.

»Also wenn«, dachte ich laut, »der Stoff selbst vom Zoll nur dann zu finden ist, wenn die den Kahn aufs Trockendock schleppen, dann bedeutet das doch, dass man das Boot nicht öffnen kann, ohne es zu beschädigen. Denn eine Luke könnte man auch so finden …«

Zipp rieb sich nickend das Kinn und grübelte. Dachte er das Gleiche wie ich?

»Was denkst du?«

»Ich denke«, hob er den Zeigefinger, »dass wir uns jetzt ganz, ganz genau überlegen müssen, was wir eigentlich vorhaben – will sagen, bevor wir das Boot ruinieren …«

Ich gab ihm recht. »Ich meine, jetzt ist die Frage, ob wir nur das Koks suchen oder beides.«

»Ich komme schon richtig durcheinander«, sagte Zipp. »Am besten wäre natürlich, wir fänden beides. Das eine könnten wir ziehen und das andere verticken.«

»Ich dachte«, gab ich zurück, »das Verticken tun hier nur die Itaker?!«

»Na ja«, dehnte Zipp seinen Brustkorb und ließ die Finger knacken, »ich hab' ja auch noch woanders so ein paar Connections. *Ich* würde das schon loskriegen.«

»Und die Spezialagenten, die sind am Arsch!«

»Nö«, beruhigte mich Zipp, »die Spezialagenten haben ja deine 50 Riesen.«

Außerdem, einigten wir uns, könnte man denen ihre Provision inkognito zukommen lassen. What the hell also sollten wir tun? Ich meine, für mich war das beinahe eine Frage von Leben und Tod. Ich durfte, das wurde mir in jener Stunde klar, auf keinen Fall riskieren, meine Investition zu verplempern, sonst war ich definitiv erledigt. Ich pustete tief durch. Dann sahen wir uns um. Wir entdeckten Axt, Säge und Stemmeisen … Aber Zipp meinte dann, dass das keinesfalls so aussehen dürfe, als ob da jemand was gezielt gesucht hatte. »Nachher kommen die noch auf uns, Alter! Das muss aussehen wie ein Unfall!«

»Nee«, sagte ich, »ich hab' was Besseres!«

Zipp war gespannt.

»Wir klauen das Boot!«

Im ersten Moment war er positiv geladen. »Genau! Ich mein', Bootklauen ist …«, aber dann hielt er inne, »… absolut hirntot, Alter! Guck mal, wenn wir Pech haben und nichts im Boot drinnen ist, dann haben die Agenten auch kein Boot mehr, das sie füllen können, und der ganze Deal wird fraglich.«

»Wenn nichts drinnen ist im Boot«, kombinierte ich, »können wir es zurückbringen.«

»Ja, dann sehen sie aber trotzdem, dass da einer rumgesägt hat! Und wir hatten nur einen Haufen Arbeit.«

»Okay«, schoss ich los, »dann tun wir eben so, als ob ein paar Idioten das Boot klauen wollten, das denen dann aber ins Loch gefallen ist. Dann können wir da was kaputt machen, um reinzugucken, und das würde gleichzeitig erklären, wieso die Idioten, die es klauen wollten, es dann nicht mehr gebrauchen konnten.«

Zipp stemmte die Arme in die Hüften, zog die Mundwinkel nach unten und ließ seine Birne ein Weilchen wippen. »Bist ja ein richtig schlaues Kerlchen!« Er zog sich Rotz in den Rachen.

»Und 'ne schöne Nase könnt' ich jetzt auch mal langsam vertragen.«

Wem sagte er das?! Unsere Blicke klebten sehnsüchtig am Rumpf von Andys ganzem Stolz.

Als wir das Boot hinten anhoben und Bug voraus in die Grube krachen ließen, wurde mir plötzlich klar, dass da keine Nasen drin sein konnten. Denn wenn es verschweißt war, wie hätte Andy sich dann immer daraus bedienen können? Aber ich sagte nichts, weil ich davon ausging, dass Zipp natürlich noch mehr auf die Nasen als auf das Heroin spekulierte. Na ja, ich persönlich auch. Aber es ging ja um meine Lebensversicherung, und ich wollte auf keinen Fall riskieren, dass er die Arbeit nun einstellte. Denn da konnte nur H drin sein! Koks hätten wir außerdem schon in den irrsinnigsten Mengen finden müssen, um auf die Idee zu kommen, es auch zu verkaufen. Das hätte meine Probleme nicht gelöst. Tatsache war aber, dass wir gar nichts fanden. Obwohl wir das Ding noch zweimal hochhievten und in die Grube schmetterten.

ENJOY!

Pepes Geburtstag war gleichzeitig Bibis letzter Tag in Arambol. Klar, dass der Kid ein bisschen neben sich war. Außerdem schien seine Krankheit auch schon Fortschritte gemacht zu haben. Er wirkte leicht fahrig und war dauernd müde. Bibi, die sich auf 'ne Art von mir distanziert hatte, nahm mich zur Seite. Sie meinte, dass sie kein gutes Gefühl dabei habe, den Jungen jetzt allein zu lassen. Wieso wir nicht mit ihm zu Baba Snoop gehen würden.

»Baba Snoop?«

»Ja, du hast doch zu seiner Mama gesagt, dass der ihm helfen könnte.«

»Yeah, Baba Snoop ... Aber da war ich nicht so ganz bei mir.«

»Ich weiß, aber trotzdem!«

»Was hat der Kid überhaupt? Krebs?«

»Er hat einen Hirntumor, und man kann ihn nicht entfernen. Also?«

»Also was?«

»Gehen wir?«

»Jetzt?«

»Ja, jetzt bin ich noch da. Ich will mit dabei sein.«

Ich war gerade damit beschäftigt, mir 'ne richtig fette Fingermischung zusammenzurollen, als die daherkam.

»Scheiße, von mir aus. Dann nehmen wir das Gerät eben für Snoop mit.«

»Ich kann ihm auch was bezahlen.«

»Vergiss es«, sagte ich, »der fasst kein Geld an.«

»Cool«, antwortete Bibi.

Ich rollte den Fünf-Blatt-Joint zu Ende, während sie den Kid holte. Und dann marschierten wir los. Pepe brüllte uns aus dem Fenster hinterher, dass er mir noch was für Snoop mitgeben wolle. Denn der hatte ihn von seinen Hämorrhoiden befreit. Das war Pepe ein Gramm Pulver und drei Pillen wert. Als Andy von unserem Plan hörte, hatte er auch noch ein Briefchen Heroin beizusteuern. Denn Snoop hatte ihm beigebracht, wie er elegant seine Zahnprobleme ignorierte. Und da Andy den von Humphrey Bogart im Jahre 1956 aufgestellten Weltrekord in Karies gebrochen hatte, war das ziemlich praktisch für ihn.

Wenn man vom Pury-Purang aus dem ausgelatschten Pfad Richtung Norden zwischen Sträuchern und hohen Gräsern hindurch folgte, lag zur Linken der Lake Arambol, ein Minisee, der, von einem Bächlein gespeist, schließlich ins Meer abfloss. Anschließend bog man gen Osten ab, wo es sanft, aber stetig bergauf in den Wald ging, der die Bezeichnung Dschungel schon halbwegs verdient hatte. Dichter, üppiger Baumbestand, wohin das Auge sah. Auf halber Höhe, von einem Plateau aus, hatte man einen grandiosen Blick über die Bucht von Arambol. Dann hatte man aber auch schon den höchsten Bogen erreicht und drang tiefer ins Waldesinnere vor. Die ganze Show allerdings in Dimensionen, die nicht an Hernando de Sotos Expeditionen herankamen, der so vor 500 Jahren hier rummarschiert war und, soviel ich weiß, die erste anständige Karte von Indien erstellt hatte. Dafür, da möchte ich wetten, hatte er nie so was wie Bibi im Busch entdecken können. Mann! Der Dschungel bebte.

Für die Inder ist der Baum heilig. Ich meine, für die Inder ist ’ne Menge heilig, aber dieser so an die drei Meter durchmessende Banyan Tree hatte schon was Ehrfurchteinflößendes. Die Besonderheit lag in seinen Luftwurzeln, die den eigentlichen Stamm wie eine Erdkrone umgaben. Ein knorriges Gerüst, dessen einzelne Wurzeln selber fast so dick wie normale Bäume waren. Und mitten in diesem Geflecht, sozusagen eingewoben und fast in die gleiche graue Farbe eingetunkt, hockte Baba Snoop. Er war 44. Um ihn rankten sich eine Vielzahl an Legenden. Am wahrscheinlichsten war die, dass er als Sohn einer Wiener Sängerin und eines schwedischen Kunstmäzens in San Francisco aufwuchs, Arzt wurde, heiratete und vier Kinder hatte. Als Frau und Kinder bei einem Eisenbahnunglück auf einer Ferienreise ums Leben kamen, gab es für ihn nur zwei Alternativen: entweder sich eine Kugel durch den Kopf jagen oder sein Leben in einem höheren Dienst aufgehen lassen. Nun, offenbar hatte er die zweite Variante gewählt. Aber anständig. Snoop trug keinerlei Kleider und ließ sich nach Art der Sadhus seit Jahren Bart und Kopfhaar wachsen. Auf seinem Schädel hatten sich bereits Raubmilben niedergelassen, die ihn von den Kopfläusen befreiten. Als 'ne prima Sache empfand er das. Das Wort Ich verwendete er nur noch rhetorisch. Er dachte, die Welt sei froh um jedes aufgegebene Ich.

Wir kamen natürlich nicht sofort an die Reihe, denn bei Baba Snoop war meist was los. Besonders jetzt, wo der Monsun vor der Tür stand, nutzten viele die für Monate letzte Gelegenheit, ihn aufzusuchen.

»Ich habe ein Astrozytom«, sagte Kid. »Die einen Ärzte raten mir, ich soll's mit einer OP versuchen, die anderen raten davon ab.«

Baba nickte und sagte, »Lass mich mal nachdenken.«

Ich reichte ihm den Joint, den ich für ihn angeglüht hatte. Er steckte ihn sich lächelnd zwischen die Lippen und rauchte ihn schweigend bis auf das Papperöhrchen nieder. Zum Ausmachen reichte er ihn mir zurück.

»Ich hab' noch was«, sagte ich und überreichte ihm sowohl Pepes als auch Andys Mitgift. Baba Snoop steckte sich die Pillen in den Mund, schluckte sie und spülte mit Wasser nach, das er in einem Blatt, das wie ein Schiffchen gefaltet war, gesammelt hatte. Dann öffnete er das Briefchen und roch daran, wobei ihm natürlich schon etwas Pulver in die Nase beamte. Er lachte laut auf und erinnerte an den ollen Clinton: Er habe nicht gezogen, sondern nur gerochen! Sein polterndes Lachen wollte so gar nicht zu ihm und der sakralen Umgebung passen. Aber er war eben der Chef hier und benahm sich, wie er wollte. Dann lächelte er mir noch mal zu und hämmerte sich den kompletten Inhalt des Briefchens durchs linke Nasenloch. Danach sah er mich an, in der Art, ob ich noch etwas für ihn hätte. Ich schüttelte den Kopf, und er nickte bedächtig. Dann versank er in 'ne Art Meditation, während wir ihm ergriffen dabei zusahen.

Es dauerte so ungefähr 'ne Stunde, bis er die Augen wieder aufschlug und offenbar die richtige Therapie für den Kid ausbaldowert hatte. Er öffnete beide Hände, nahm die von dem Jungen in seine und lächelte ihn selig an. Was er dann von sich gab, war in gewisser Hinsicht wahrlich erschütternd:

»Enjoy!«

Eine Weile war Schweigen im Busch, aber dann hellte sich die Miene des Kid auf. Nach all den Untersuchungen und Ratschlägen und Therapieideen, die auf ihn eingeprasselt waren, jetzt mal 'ne ganz andere Variante. Nur viel wirksamer. Ich konnte das freilich erst wirklich begreifen, als ich später in eigener Mission bei ihm aufschlug. Aber der Kid, der hatte es gleich begriffen. Denn es gab da diesen Schalter, den der Liebe Gott uns mitgegeben hatte, auf dem On/Off stand. Yeah, es war verdammt jedem seine eigene Sache, wie er die Welt und den ganzen Irrsinn darin beurteilte. Man musste nur die Disziplin aufbringen, ihn auch zu betätigen. Was natürlich so ’ne Sache war, besonders wenn Disziplin nicht gerade zu den berauschendsten Disziplinen zählte, die man anzubieten hatte. Da wusste der Baba aber auch Rat: »Ersetz Disziplin durch Ritual! Das ist genau das Gleiche, nur für Künstler und Freischaffende!«

Well, seitdem habe ich unter meinem Bett einen ausrangierten Werkzeugkasten gelagert mit einem Zettelchen, auf dem steht: Enjoy! Ich weiß, es klingt ein bisschen durchgedreht, aber, zum Teufel, es hilft! Jeder kann es selber testen. Handelt sich um so ’ne Art surreale Autosuggestion. Man muss nur die Kraft aufbringen, wenn es einem gerade mal so richtig scheiße geht, unters Bett zu greifen, den Kasten zu öffnen, das Zettelchen hervorzuholen und es sich vorzulesen.

Den ganzen Rückweg pfiff und tirilierte der Kid, als ob er im Lotto gewonnen hatte. Bibi war auch ganz glücklich, und ich kriegte meine aufblühende Erektion nicht los. Ich kam kurz auf die Idee, über sie herzufallen, ihr die Klamotten vom Leibe zu reißen, ihr mein Ding zu verbraten und dem Kid zu sagen, hey, enjoy! Na ja, aber ich war eben ein Weichei und ließ es. Beschloss, mir lieber im Pury einen runterzuholen oder, hey, wer wusste es schon, da vielleicht noch einen Onanierersatz aufzutreiben. War ja schließlich ’ne Geburtstagsparty.

MONSUN

Im Pury war inzwischen haufenweise Prominenz eingetroffen. Die schlimmsten Kiffer, Kokser und Pillenfresser, die man sich vorstellen konnte. Ein paar Junkies und Säufer waren natürlich auch am Start, aber die gehörten nun mal, wie Bettwanzen zum Leben, dazu; besonders hier und auf Pepes Geburtstag. Hélène, Eugenes Frau, war nicht mitgekommen, hatte aber eine Geburtstagstorte vom Feinsten gebacken. 'ne echte Sahnetorte kriegte man sonst nur in der German Bakery, die schmeckte aber zum Kotzen, weil sie mit Dinkelmehl angemacht war und außerdem nicht so reizvoll mit Cannabisblättern geschmückt wurde. Yo, Kaffee und Kuchen, das war mal 'ne echte Abwechslung.

Als es anfing zu dämmern, waren alle vom obligaten Vortagsrausch wieder halbwegs nüchtern und konnten die Sinne auf eine Monsun-Retrospektive lenken. Pepe zeigte nämlich Filme von Henry, seiner Verflossenen. So 25 Leute hatten sich im Garten des Pury eingefunden. Alles, worauf man sitzen konnte, war auf die Wiese rausgeschafft worden, wo sich unter anderem ein paar Truthühner über die flimmernde Leinwand wunderten. Silvia hatte zudem ein paar Lampions aufgetrieben, die einen schönen Kontrast zum bewölkten Himmel abgaben. Pepe hantierte am Projektor rum. Der Einzige, der noch fehlte, war Andy, der ja noch ein bisschen Pulver holen wollte. Zipp und ich warfen uns einen konspirativen Blick zu. Doch als Andy bald darauf zurückkehrte, offenbarte nichts an seinem Benehmen, dass irgendwas nicht in Ordnung war. Und das konnte nur bedeuten, dass er nicht beim Boot gewesen war. Und das Weiße Haus somit ein Mythos blieb. Es konnte natürlich auch bedeuten, dass Andy den Vorfall mit dem kaputten Boot verschwieg, weil ich vielleicht sonst mein Geld zurückgefordert hätte. Jedenfalls hatte er nicht zu knapp Koks im Gepäck, was er wiederum, jetzt hatte er ja genug Kohle, auch sonst wo beschafft haben konnte. Dafür sprach irgendwie, dass Pepe ihn schon längst zurückerwartet hatte und Andy irgendwas von einer Reifenpanne faselte. Das klang mir ein bisschen zu sehr nach Drehbuch. Also, ich hatte irgendwie im Urin, dass was im Busch war. Dieser Gedanke wurde allerdings erst mal durch eine Blondine Namens Signe verdrängt, die sich als Dänin etablierte und auf der Suche nach 'nem Näschen war. Ich winkte sie direkt zu Andy durch, der mir dann signalisierte, ihm ebenfalls zu folgen. Zu dritt marschierten wir also hoch zu ihm.

»Wenn ich den Stoff jetzt schon sehen lasse, dann fallen sie über mich her wie Raubvögel«, sagte Andy und hackte einen schönen Stein auf. Signe, kein Wunder beim Abkömmling eines Seeräubervolkes, fiel sofort das etwa einen Meter lange Schiffsmodell auf. »Schwimmfähig«, zwinkerte Andy ihr zu. Und während er schöne weiße Linien zog, machte ich mir so meine Gedanken. Ich dachte mir, ob sein Modell wohl auch einen doppelten Boden besaß. Der Gedanke trieb mir sofort das Blut durch den Teil des Gehirns, der fürs abgefuckte Kombinieren zuständig war. Was wäre eigentlich, wenn dieses Ich-fahre-jetzt-mal-ins-Weiße-Haus nichts weiter als ein verdammtes Ablenkungsmanöver war? Wenn er vielleicht einfach nur so durch die Gegend kutschierte und sich die Rindviecher ansah? Ich wusste es ja immer: ein bisschen dümmer, und ich hätte ein guter Cop werden können; ein bisschen smarter, und ich wäre ein brauchbarer Krimineller gewesen. Ich war eben so dazwischen. Und während das

Pulver meine Nasen-Hirn-Schranke durchbrach, wusste ich plötzlich, eher intuitiv denn genau, wo das Weiße Haus war. Shit, es war genau hier!

Unten im Garten saß alles brav auf Stühlchen und drehte den Kopf nach hinten zu Pepe, der am Projektor hantierte. Er räusperte sich und legte los. »Wie ihr alle wisst, bin ich kein Mann vieler Worte. Aber immer, wenn ich ein Jahr älter werde, rufe ich mir wieder ins Bewusstsein, meine Zeit einst mit einem kleinen Mann verbracht zu haben, der Großes hinterlassen hat. Großes Kino!« Dann hob er ein Glas und sagte, »Auf Henry!« Der Rest der Gemeinde hob ebenfalls, was er in der Hand trug, Glas, Flasche oder Joint, und erwiderte den Gruß.

Der Projektor begann zu surren. Die Leinwand flackerte auf. Sie zeigte den Titel *MONSUN IS COMING*. Dann sieht man, über trockenes Buschwerk hinweg, durch eine Bergschneise ins Hinterland. Dort findet zunächst keinerlei Geschehen statt. Die Kamera steht starr. Langsam aber schiebt sich jenseits des Tales, im hohen Gras, etwas ins Bild. Nach und nach wird ersichtlich, dass es sich um den Rüssel eines Elefanten handelt. Dann folgen Kopf und schließlich Körper, der mit einem Zaumzeug und einem Gestänge versehen ist, an dem er offensichtlich etwas Schweres zieht. Quälend langsam trottet er voran, bis er aus dem Bild verschwindet und ein kleiner Junge mit einem pittoresken Stöckchen, mit dem er den Riesen dirigiert, auftaucht. Als auch dieser aus dem Bild verschwunden ist, wird nach und nach erkennbar, was den Elefanten solche Mühe kostet: Er schleppt eine havarierte Lokomotive hinter sich her, die kraftlos ihre Dampfwolken in den Wind pustet.

Begeisterte Ahs und Ohs der Audition erfüllten das auffrischende Lüftchen. Es wurde deutlich, dass dieser Henry schon ein Auge besaß. Aber schließlich hieß sein Streifen ja nicht Elefanten-Abschleppdienst oder Kaputte Lokomotive … Und tatsächlich, kaum hat das Geschehen auf der Leinwand einen in seinen Bann gezogen, wird es von einer Art Bildstörung heimgesucht. Denn plötzlich wird im Hintergrund alles grau und fisselig und kommt leinwandfüllend immer näher, bis die Kamera nur noch ein undurchdringliches Gerinnsel aufnimmt. Und da wird klar, dass tatsächlich der Monsun begonnen hat.

Der Abspann bestätigt es: *First Day of Monsun, 1977, Chettipadi/Kerala.*

By Henry Hiller.

Thanks to the people of India.

And thanks to my friend Pepe!

Pepe, dem der feuchte Showdown des Streifens quasi in den Augen stand, nahm die Ovationen hin. Bei allen Filmabenden, die ich schon erlebt hatte, war er gerührt, denn Henry schloss seine Filme immer mit der Danksagung an Indien und ihn. Es waren aber auch die Filme selber, die einen in ihren Bann zogen. Egal, ob sie einen Polizisten in Bombay zeigten, der ganz allein eine Kreuzung regelte, auf die aus allen Richtungen qualmend und drängelnd Fahrzeuge auf sechsspurigen Straßen zudonnerten, oder ob er in enger Objektiveinstellung einem Luftballon folgte, der durch die Straßen tanzte, an Häusern emporkletterte oder über Menschen schwebte und dabei das Panoptikum einer ganz speziellen Sichtweise auf die Welt verkörperte. Es war die spezielle Sichtweise, die diese oft stummen Streifen so einmalig machte und umgekehrt ein Bild vom Menschen Henry abgab. Teilweise von berückender Schönheit, wie etwa, als er, sich selber filmend, die majestätischen Berggipfel von Kathmandu im Rücken, einen Joint dreht, ihn anzündet und in die Kamera lacht; als urplötzlich der Hintergrund mit ihm selber einfach verschwindet, während der Rauch in der Luft hängen bleibt, den Blick aber auf eine belebte Gasse der nepalesischen Hauptstadt freigibt, in der Antiquitätenhändler ihre Ware auf der Straße verkaufen, und ein mannshoher Spiegel gerade fortgeschafft wird. Der Film hieß: *Disappear, a Part of me. Kathmandu 1985. By Henry Hiller. Thanks to the people of India. And thanks to my friend Pepe!*

Wie viele der eingesessenen Althippies hier besaß Pepe eine zwielichtige Biografie. Er selber behauptete, Anfang der 70er aus Langeweile zur Sekte des Bhagwan Shree Rajneesh gestoßen zu sein und bei der Gründung des Aschrams in Poona geholfen zu haben, wo er auf Henry getroffen sein wollte. Tatsächlich zeigten einige von Henrys Movies Szenen aus dem Aschram sowie den umstrittenen wie fraglos genialen Sexguru selber, und hingebungsvoll um ihn herum die Jünger mit der bekannten Mala um den Hals, darunter auch Pepe. Andere dagegen behaupteten, Pepe habe mit der RAF zu tun gehabt, der Roten Armee Fraktion, die Anfang der 70er den bewaffneten Kampf gegen das System aufnahm, und sich nach einem Banküberfall mit der Beute von seinen Komplizen abgesetzt. Immerhin würde das erklären, wie er mal zu einem Haufen Geld kam ... Und das würde dann erklären, wie er zu einer Ladung Pulver kam und nicht wusste, wie er sie gewinnbringend verhökern konnte.

Ich nahm Zipp zur Seite, der schon ganz schön Schlagseite hatte und mit der Dänin rumturtelte. »Ich habe neue Hinweise aufs Weiße Haus«, sagte ich. Er ließ die Kleine fallen. »Sprich!« Wir schickten Signe Bier holen und steckten die Köpfe zusammen. Als ich ihn ins Bild gerückt hatte mit meiner Vermutung, dass der Schnee im Modellschiff gebunkert war, leuchteten Zipps Augen wie ein Weihnachtsbaum.

»Das behalten wir mal im Auge«, sagte er. Wir klatschten uns ab und widmeten uns wieder dem Geschehen. Die anstrengende Filmvorführung hatte eine Drogenlawine losgetreten. Alle waren damit beschäftigt, sich eilig irgendwas einzuklinken. Jemand hatte unterdessen Jim Morrisons *Riders on the Storm* aufgelegt, was verdammt gute Laune in mir entfachte. *Riders on the storm, bam para bam, riders on the storm, into this house we're born* … Hey, ich hatte dieses Buch über Jim Morrison dabei, der Autor hieß, glaube ich, Sugarman. Jedenfalls hatte ich den Schinken vor einer Weile aus Versehen in die Wäscherei gebracht. Weil Juanita ein paar Tage unterwegs war, musste ich mich um mich selber kümmern. Wäscherei Dangput. An der Kurve oben in Chapora. Vier Töchter! Ganz gegen den Ethnostil vorne obenrum wie hinten unten schwer bestückt. Aber in meinem Rucksack, den sie mitwuschen, steckte *Wonderland Avenue*. Als ich meine Wäsche abholte, präsentierte mir eine der Töchter das Buch. Ihre Brüste waren beeindruckend. Doch sie hatte Jim Morrison tatsächlich mitgewaschen – und ich war entsprechend sauer. Wie konnte man ein Buch in die Waschmaschine kloppen? Selbst der dämlichste Analphabet käme nicht auf die Idee. Sie schon. Ich zeterte, und Daddy Chef kam selber an. Er gab zu, dass seine Tochter minderbemittelt sei, und versprach, die Sache in Ordnung zu bringen. Als ich am nächsten Tag ankam, nahmen sie mich mit rein. Die Wäscherei selber war ein winziger Raum mit Tresen, aber nach hinter raus gab es eine riesige Wiese mit kilometerlangen Wäscheleinen. Und dort hing mein Buch, alle 225 Seiten fein säuberlich aufgeknüpft, und trocknete in der Sonne. Dann bügelten die den Schinken, verklebten die Seiten neu, und das Ding war wieder lesbar. Und das alles für 200 Rupien.

So 'ne Art Wetterleuchten aus dem Landesinneren brachte mich wieder auf die Erde. Der Wind wurde ebenfalls stärker. Auf der Leinwand flimmerte ein weiterer Henry-Streifen, den ich aber schon kannte. Der von dem Postamt in Delhi, wo dauernd eine Kuh hinkackt und einer rausgerannt kommt und es aufwischt. War ein echter Brüller. Aber jetzt begann die Leinwand zu flattern. Die Luft wurde dicke. Und anders als die Hiesigen wussten die hier schon, dass es jetzt Zeit war, die Zelte abzubrechen. Alles wurde schnell reingetragen und verteilte sich im Gastraum. Nur die Spitzenprominenz traf sich bei Andy oben. Da wurde gezogen, was der Rüssel aushielt. Aber so bedröhnt konnten wir gar nicht werden, um das, was sich jetzt da draußen abspielte, zu unterschätzen.

Vom Hang oben stürzten Wassermassen und fluteten alles, was ein Becken besaß. Und wenn es voll war, darüber hinaus. Ich traf Lawrence im Flur. Er war kreidebleich und meinte, es sei der heftigste Monsunbeginn aller Zeiten. Das Telefon war bereits ausgefallen, und es konnte nicht mehr lang dauern, bis es auch den Strom erwischte. Erst jetzt begriff man den Vorteil keiner vernünftigen Kanalisation. Denn solche Kanäle, die derartige Wassermassen abführten, gab es nicht, und wir wären alle in Scheiße umgekommen. Und dabei war das Wasser aus den Bergen ja erst der Beginn, denn es regnete noch gar nicht. Doch darauf mussten wir nicht mehr lange warten. Das Wasser fiel buchstäblich in einem Stück vom Himmel. Stundenlang. Und das Pury-Purang, das auf Stelzen gebaut war, begann zu zittern, zu wackeln und verschob sich. Die Zimmer hatten jetzt Trapezform, die Wände knackten, Holz splitterte. Raus!

Jeder, soweit in Reichweite, schnappte sich noch, was rettenswert erschien, während das Pury in aller Panik evakuiert wurde. Ich schnappte mir Zipp oder umgekehrt, und Haluk schleppte Pepe mit sich, während Andy sein Modellboot umklammert hielt. Und draußen ging die Post ab. Bäume und Gerümpel versperrten die Straße. Ein Haus schwamm an uns vorbei. Es war die Sinflut. 'ne echte Katastrophe, sage ich Ihnen. Dagegen war das Unwetter am Beach damals 'ne fröhliche Sause. Wenngleich wir hier Tote vermeiden konnten. Dachten wir zumindest. Denn als wir uns alle draußen versammelt hatten, rannte Bibi wir irr rum. Sie vermisste den Kid. Der hatte sich nämlich noch zu einem Strandspaziergang aufgemacht. Doch niemand hatte Lust, jetzt an den Strand zu gehen. Schließlich rannte ich mit Zipp runter. Und man musste verdammt aufpassen, nicht von irgendwas erschlagen zu werden. Der Strom war inzwischen auch ausgefallen, und man tappte im Dunkeln.

Noch war das Meer seltsam ruhig. Zum Glück war Ebbe, und die Wassermassen aus dem Hinterland verliefen sich noch im Sand. Doch es war klar, dass wir nur ein kurzes Zeitfenster hatten, um den Kid zu finden. Wir schrien gegen den Sturm an und rannten einen Kilometer in jede Richtung. Aber keine Spur von ihm. Schließlich gaben wir auf und versuchten, die eigene Haut zu retten. Weg vom Strand, weg von der Ansiedlung. Einige hundert Menschen hatten sich bereits auf den unbewaldeten Hügeln südlich von Arambol eingefunden. Dort war Andy am Durchdrehen. Er war in einen Wasserstrudel geraten, der ihm sein Boot weggerissen hatte, das jetzt vermutlich führerlos Richtung Australien trieb. Wir aber verharrten bis zum Morgengrauen hier, als die Lage sich langsam besserte. Die Regenfälle ließen etwas nach, und man sah wieder, wohin man trat.

Der untere Teil der Stadt war intakt, hier schwammen bloß Müll und Astwerk in Kniehöhe rum. Und da die Häuser keine Keller hatten, würden sie auch bald wieder bewohnbar sein. Kalt war es ja nicht. Das Wasser war pisswarm. Aber am oberen Stadtgürtel, unterhalb des Waldhangs, sah es schon finsterer aus. Mehrere Häuser waren schwer beschädigt oder komplett eingestürzt. Manche kleine Holzhäuser hatte es einfach davongeschwemmt. Die hatten jetzt eine neue Adresse. Das Pury-Purang war total fertig. Das ganze obere Stockwerk war eingeknickt. Wie zur Belustigung stand nur noch die Treppe da, die ins buchstäbliche Nichts führte. Wir standen vor dem Scherbenhaufen. Drumherum trieben Hausrat, Bretter und Zelluloid. Ungefähr zehntausend Super-8-Filme. Pepe zog das Zeug wie Algen aus dem Wasser. Schätze, alle dachten dasselbe: ein ganzes Lebenswerk im Arsch.

»Yeah«, sagte Pepe, »easy comes, easy goes!«

Nach drei Tagen war das gröbste Wasser so weit abgeflossen, dass man mit den Aufräumarbeiten beginnen konnte. Das Pury wurde nicht mehr aufgebaut. An seiner Stelle stand bald ein sozusagen richtiges Hotel. Bibi reiste ab. Kid Ullrich blieb verschollen. Der Liebe Gott hatte ihm wohl doch noch einen einmaligen Abgang beschert. Glaube jedenfalls nicht, dass der Kid sich beschwert hätte. Grund zur Beschwerde gab es dennoch. Denn nicht nur Andys Modellboot, auch er selber hatte sich verflüchtigt. Pepe zog nicht gerade nach Belgien, aber zu seiner Schwester nach Rotterdam. Haluk fing sich eine Infektion ein, durfte keine Drogen mehr nehmen und soff nur noch. Und fragen Sie bloß nicht nach meiner Investition. Da fiel mir glatt Wilhelm Busch ein:

Ganz richtig, diese Welt ist nichtig.
Auch du, der in Person erscheint,
Bist ebenfalls nicht gar so wichtig,
Wie deine Eitelkeit vermeint.

Was hilft es dir, damit zu prahlen,
Dass du ein freies Menschenkind?
Musst du nicht pünktlich Steuern zahlen,
Obwohl sie dir zuwider sind?
Wärst du vielleicht auch, sozusagen,
Erhaben über gut und schlecht,
Trotzdem behandelt dich dein Magen
Als ganz gemeinen Futterknecht.
Lang bleibst du überhaupt nicht munter.
Das Alter kommt und zieht dich krumm
Und stößt dich rücksichtslos hinunter
Ins dunkle Sammelsurium.
Daselbst umfängt dich das Gewimmel
Der Unsichtbaren, wie zuerst,
Eh du erschienst, und nur der Himmel
Weiß, ob und wann du wiederkehrst.

KARMA

Yo. *Ich* kehrte wieder! Vermutlich, um das Gleiche wieder zu tun. Ich wurde durch Geräusche wach, die mich an asiatische Kampfsportarten erinnerten. Juanita, meine staubsaugende Perle des Orients, stieß spitze Töne aus und ließ die dampfende Teetasse fallen. Denn sie sah mich, mich, David Copperfield. Ich hatte mich nämlich in den letzten Stunden, Tagen oder Wochen – ich weiß es nicht – in David Copperfield verwandelt. Oder beschreiben wir es mal so, ich verfügte plötzlich über Fähigkeiten, von denen ich nicht gewusst hatte, dass ich sie besaß. Ich konnte die Bettdecke wie von Geisterhand gelenkt über mir schweben lassen. Vielleicht war ich auch nur Reinhold Messner und hatte vom letzten Himalayatrip eine K2-Attrappe mitgebracht, die ich nun unter der Bettdecke verborgen hielt. Natürlich war alles nur ein Trick. Denn die Wahrheit bestand aus 21 Metallen, die einen stahlträgerbestückten Hulk aus mir hatten werden lassen, der in jedem Zirkus hätte auftreten können. Ich linste unter die Decke und wurde blass. Juanita wurde rot. Und ich weiß bis heute nicht, ob es die zahlreichen Opiate und so waren, die mich schließlich flachgelegt hatten, oder tatsächlich Doktor Snuggles' Stahlgewitter. Aber ich hatte das deutliche Gefühl, ein Mann geworden zu sein. Hey, pleite war ich auch. Eigentlich so richtig am Arsch. Ich hüpfte aus dem Bett, kriegte mich penistechnisch wieder ein und beschloss, meine neu erworbene Männlichkeit mit einem anständigen Kabum zu feiern. Yeah. Aber vorher ging ich noch scheißen. Und jetzt halten Sie sich fest. Als ich anschließend guckte, ob die Schweinchen mich wieder für gesund erklärten, da sah ich das: Stehen diese pfundigen Säuger da in der Sonne und glänzen und glitzern mich an. Und ob Sie's glauben oder nicht, ihre Schnauzen waren aus purem Gold!

Ich feierte noch ein paar Tage zusammen mit Zipp, Gopi und Haluk meine Wiedergeburt. Gopi nahm mich am Arm.

»Mitchell, greetings from my sister Sonia.«

»Yeah?! I did not see her for a long time. How is she?«

»Ah, you don't know? She lives since a year in Delhi. She gets married soon!«

Yo!

Und dann dachte ich mir, fahr' ich mal zu Baba Snoop raus, solange ich noch genug Geld für Sprit hab'. Er hockte um diese Jahreszeit zwar nicht im Baum, aber dafür im Hühnerstall einer Rastaspelunke am Aramboler Beach und hielt Sommerschlaf. Ich wagte es, ihn zu wecken, und musste ihm unbedingt von den Rasashastra-Schweinchen und dem Goldstaub auf ihren Schnauzen erzählen. Und von meiner misslichen Lage. Und dass ich nun vor der Entscheidung stand, abzudampfen oder durchzuhalten. Denn im Moment schien es mir nicht so klar, wie ich denn überhaupt weiterleben sollte und als was man mich jetzt überhaupt betrachten konnte. Denn irgendwie war ich nicht mehr der Alte. Nur noch alt. Aber irgendwie auch neu. Also?

Baba Snoops Hände schwebten vor seiner gleichmäßig aus- und einatmenden Brust, als trügen sie darin förmlich die Leichtigkeit des Erdenrunds, und dann beglückte er mich mit dem, was einzugestehen mir nun nicht mehr schwerfiel.

»Die Welt, Mitchell, die Welt ist nicht so, wie die *anderen* sie sehen.« Dann breitete er die Arme aus, als lasse er die Erdenkugel wie einen Luftballon auf und davon schweben, nahm meine Griffel in die seinen und massierte mit dem

Daumen sanft die Druckpunkte meiner Sub-Chakren. Aber wenn die Welt nicht so war, wie die anderen sie sahen, wie war sie dann?

»Die Welt, mein guter Freund, ist so, wie *du* sie siehst.«

Verstehen Sie?

Dank an
Eva Lorenzo für ihre Geduld,
Thomas Draschan für seinen Input,
Thomas Unger für seinen Output,
Luca und Bruno für ihr Powerboosting.